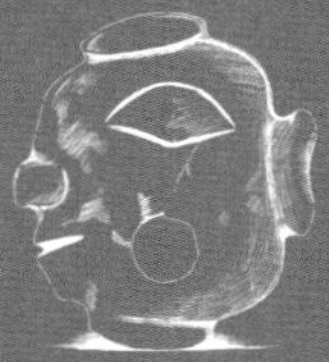

探寻石峁文化中
人与自然的关系

石峁二十四节气

SHIMAO SITE
TWENTY-FOUR SOLAR TERMS

杨 瑞 /著

陕西新华出版传媒集团
陕 西 人 民 出 版 社

图书在版编目（CIP）数据

石峁二十四节气 / 杨瑞著 . — 西安：陕西人民出版社，2022.4

ISBN 978-7-224-14486-4

Ⅰ. ①石… Ⅱ. ①杨… Ⅲ. ①随笔 —作品集—中国—当代 Ⅳ. ① I267.1

中国版本图书馆 CIP 数据核字（2022）第 045327 号

出 品 人：赵小峰
总 策 划：宋亚萍
出版统筹：刘景巍
责任编辑：马　昕　党静媛
赵文君　王亚嘉
特约编辑：彭　莘
图片提供：马　夫　折彩瑞
神木市石峁遗址管理处
神木市石峁文化研究会

石峁二十四节气
作　　者　杨瑞
出版发行　陕西新华出版传媒集团　陕西人民出版社
（西安市北大街 147 号　邮编：710003）
印　　刷　中煤地西安地图制印有限公司
开　　本　787 毫米 ×1092 毫米　1/32
印　　张　8.625
字　　数　160 千字
版　　次　2022 年 7 月第 1 版
印　　次　2022 年 7 月第 1 次印刷
书　　号　ISBN 978-7-224-14486-4
定　　价　88.00 元

前言

石峁遗址位于陕西省神木市高家堡镇，地处黄土高原北部、毛乌素沙漠南缘，黄河一级支流秃尾河及其支流永利河交汇的台塬梁峁之上，属新石器时代晚期至夏代早期遗存，是中国已发现的规模最大的史前石筑城址。

石峁城址初建于距今 4300 年前后，沿用至距今 3800 年前后，由皇城台、内城、外城三部分石砌城垣构成，面积逾 4 平方公里，城内密集分布着大量宫殿建筑、房址、墓葬、手工业作坊等龙山文化晚期至夏代早期遗迹，先后出土了大量的玉器、陶器、骨器、石雕、石刻、彩绘壁画等珍贵文物。

皇城台是石峁城址的核心区域，其形状是由底部向台顶四面包砌层阶状护坡石墙的台地，底大顶小，呈金字塔结构，护墙保存较好处多达十余层阶。

其中台基面积约 24 万平方米，台顶面积约 8 万平方米，落差超过 70 米，台顶发现了大型石筑基址及石雕、石刻等重要遗迹及遗物，推测为大型宫殿建筑区域。内、外城呈半包围状将皇城台包裹在内，其城墙依山势而建，形状大致呈东北—西南方向。城墙大部分处于山脊之上，为高出地面的石砌城墙，墙宽均约 2.5 米，保存最好处高出现今地表 1 米有余，内、外城石墙长度分别为 5700 米及 4200 米，墙体上发现了城门、瓮城、角台、马面、墩台等防御性建筑遗迹，内城密集分布着居住区、墓葬区及手工业作坊区，外城同类遗迹较为稀少。这种内外城半包围环绕的环套结构，开启了中国古代都城建筑格局的先河。

石峁城址的石砌墙体内极为特殊的大量藏玉现象，凸显了东亚地区古人崇尚“玉石”辟邪御敌的观念，或许与中国古代文献中记载的“玉门”“瑶台”等相关；瓮城、马面、角台等城防设施的出现不仅表明在中国早期国家形成的阶段，中国北方地区政治格局的复杂化及武力战争的频繁，也成为东亚地区土石结构城防设施的最早实物资料；其中，大量集中埋葬于城门地下头骨的发掘，清晰地表明了城建过程中奠基活动或祭祀仪式的存在及这一区域社会复杂化倾向加强。

“石峁玉器”质料精良、工艺复杂、特征显著，是我国龙山晚期至夏时期北方地区玉器之集大成者。流散的玉器数量大约有 4000 件。近年来，城址周边出土的铜制品已有一定数量的积累。经过初步科学检测，确定为我国北方地区最早的一批铜器。

考古研究工作表明，石峁遗址系公元前两千纪前后中国所见规模最大的城址，形制完备、结构清晰、保存良好，被誉为21世纪中国最为重要的史前考古发现之一。石峁城址以其重大的学术意义，于国内外屡获殊荣，在世界范围内引发了强烈的学术共鸣。2019年4月石峁遗址被国家文物局列入《中国世界文化遗产预备名单》，2020年12月石峁遗址入选美洲考古学会《考古》期刊世界十年（2011—2020）十大考古发现。

自2011年考古发掘以来，随着各类型重要文物的不断面世，石峁遗址热点不断，相关研究成果层出不穷，但关于气候、地貌等自然环境的研究几近空白，《石峁二十四节气》正好填补了这个空白。本书以质朴的语言，将石峁文明与现代文明相互交融，生动直观的介绍了石峁遗址区域一年四季二十四个节气里的气候变化、作物耕种、植被生长、民众风俗等，基于石峁遗址考古发掘成果和相关文献，通过古今对比对4000多年前石峁时期地理气候和生产生活进行了科学的推测，为石峁文明的丰富内涵增添了新的说明材料，进一步阐释石峁文化在中华早期文明中的重要地位。同时，也为石峁遗址的研究、宣传提供了全新视角。

春

夏

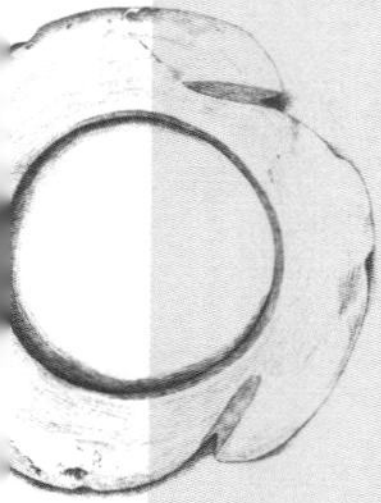

目录

Contents

秋

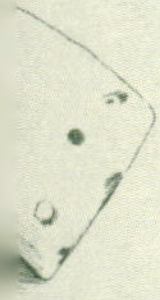

冬

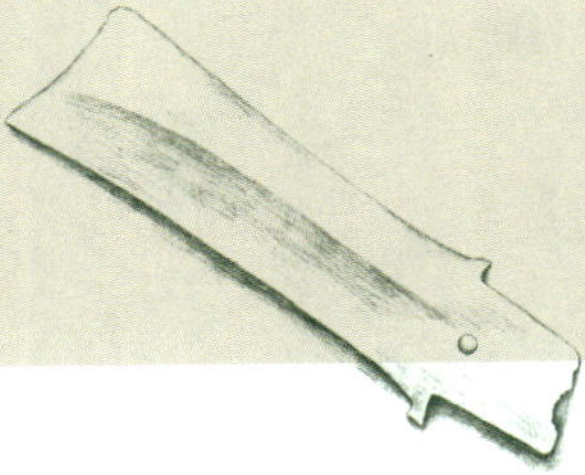

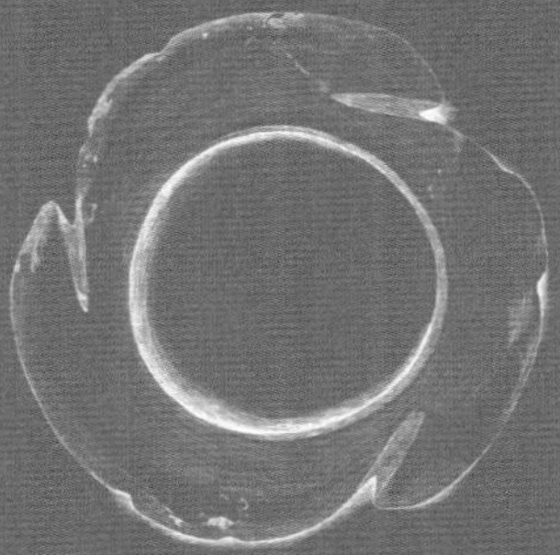

春

SPRING

斗柄回寅是立春。

太阳位于黄经 315°，公历 2 月 3—5 日交节。

三候：东风解冻，蛰虫始振，鱼陟负冰。

立春

此时，石峁的景象与冬日无差，不论是色泽还是气温，在背阳的角角落落里，白雪依依。

干支纪年法以北斗七星斗柄指向来确定节气，斗柄绕东、南、西、北转一圈为一岁。当斗柄指向正东偏北方位的建寅之月为起始，然后顺时针旋转，开始一年的历程，完全吻合天象运行规律。斗指寅为立春，寅位即艮位，是年终岁首交接的方位，代表终而又始。《易·说卦传》:“艮，东北之卦也，万物之所成终而所成始也。”终与始，始与终，于无尽中轮回。

立春作为二十四节气之一，与立夏、立秋、立冬一样，反映一年四季的更替。我们国家经纬跨越巨大，幅员辽阔，在季节交替时，各地气温相差悬殊。正如立春时节，江南地区已是风和日暖、鸟语花香，北方的大部分区域还是一派冬日的外观。此时，石峁的景象与冬日无差，不论是色泽还是气温，在背阳的角角落落里，白雪依依。

东风带雨逐西风，大地阳和暖气生。

万物苏萌山水醒，农家岁首又谋耕。

——左河水《立春》

立为始，春为暖，立春为岁之首，昭示着温暖的来临。在季节交替当中的终与始，往往不像一个人的新生与死亡那样明了与显然，这里的终结与开始更像是一个圆的终始，重合在一个点上。我们的肉眼无法感知地面之下的萌动，而地表之上的一切并未有明显变化，仿佛冬日还在延伸，正如苇岸所言，“旷野的色调依旧是单一的，在这里显然你可以认定，那过早的蕴含着美好诺言的召唤，此时并未得到像回声一样信任的响应。立春还不是春天本身，而仅仅是《春天》这部辉煌歌剧的前奏或序曲。它的意义更多的在于转折和奠基，在于它是一个新陈更番的标帜”。

住在石峁的人们关于立春有这样的说法：立春春却未

至，寒冷仍然继续，但是天变长了。这种细微的变化，或许正是终始更迭不为人知的变迁。依然如昨的模样，却迷惑了人们的感知。那背阳处的白雪，正在悄悄消融。

一直以来，众多专家学者认为二十四节气产生的客观基础与黄河流域处于四季分明的中纬度地区有关，产生的主观背景与中国古代社会悠久的农耕历史、发达的农学思想、和谐的文化理念相关，产生的技术条件与古代中国发达的天文知识有关。结合大量的历史文献与相关考古材料，专家们认为二十四节气萌芽于夏商。

那么早于夏朝之前的石峁，关于节气又有着怎样的认知呢？

古人读的第一本书就是“天书”，从昼夜交替到星辰变化，从星辰变化到万物生长，他们通过观测天象来了解天道自然运行的规律。尤其是人类农业时代的到来，对于气候变化规律的需求更为精准，观察天道自然运行规律、发现农耕渔猎的时序是古人日常生活中最为重要的事情。从这个意义上而言，石峁古人出于生产生活的需要，已经窥测到天上星辰变化地上植物生长的秘密。他们或许无法给出节气变化的定义，但他们知道天空中哪个位置有星星出现时，某种植物就开花了，又有哪颗星星出现时，某种植物结果了；太阳在哪个位置时，虫鱼鸟兽就出现了，换个位置时，虫鱼鸟兽

○ 皇城台东北侧墙体

墙体由大小不等的石块（砂岩）交错平砌而成，石块间以草拌泥黏结，墙体上残留较多纴木孔洞。墙体高厚坚固，历经四千载，却依旧保存较好。

不见了；太阳照耀大地的时间逐渐变长，天气就愈来愈暖和了，照耀的时间逐渐变短，天气便越来越寒冷了；天空中飘来乌云是要下雨了……

考古发掘证明，石峁古人具有丰富的天文知识。石峁遗址外城东门位于东偏北，基本与寅位处于同一方位。这是巧合还是故意，我们无从知晓。有人推测，外城东门不仅具有防御功能，还兼具祭祀与观测天象的功能。更有天文学家认为外城东门的结构造型，其设计灵感源于天空中的某个星座。除此之外，石峁遗址出土的大量玉璇玑似乎也能说明石峁古人对于天文知识的热衷。“璇玑”二字源于《尚书·舜典》:“在璇玑玉衡，以齐七政。”西汉学者孔安国将其解释为“王者正天文之器”。孔子的解释更加明白，玉璇玑是一件帝王观测天象的玉雕仪器。

立春节气最初的文字记载形成于周代，立春是古代重要的祭祀节日，也是劝农备耕的重要时节，在民间有“立春大如年”的说法。早在上古时期，便以立春日为时间坐标。以春耕为主题的农事节庆活动，不仅构成了后世岁首的雏形，它的民俗功能更是成为中华民族共同的文化价值认同。

立春之日是一年四时之始，这一年的节、气、候，与这一年的气运有着密切的关系。立春祭祀，是古人非常重要的一项祭祀活动，上至皇室贵胄，下至平民百姓，均行之。汉代，在立春、立夏、立秋、立冬等节气进行五郊迎气祭祀，这是一个国家重要的祭祀活动。《礼记·月令》记载："立春之日，天子亲率三公九卿诸侯大夫，以迎春于东郊。还反，赏公卿诸侯大夫于朝。"这种活动，后来成为全民性的迎春仪式。张鹤泉在他的《东汉五郊迎气祭祀考》中，用大量史料诠释了季节交替时节，祭祀对一个国家施政产生的重大影响。

立春时，民间流传着很多习俗，打春牛便是其中之一。据史料记载，打春牛也叫鞭春，历史悠久，由春官执鞭，有规劝农事、策励春耕的含义。也就是说立春打春牛与农事息息相关。在我国，牛的驯化有万年之久，全球很多国家都有牛崇拜现象。商代的大型祭祀用牛牲，在很多青铜器或者陶器上也有牛这一形象，而在古希腊神话中，也有牛牲献祭海神波塞冬的传说，印度教中湿婆神的座驾也是牛。而在一些古老的山洞，或壁画或岩画均有牛的形象。早在4000多年前的石峁即已发现牛崇拜的现象，在石峁出土的石雕当中，有一块雕刻着牛与马的精美石雕，牛头居中，且比例较大，两侧是两匹相对而立的全身马匹雕像，可见牛在人们心目中的位置。有人说东方人民需要牛进行农事劳作，牛作为重要的家畜，所以才有牛崇拜这一现象，可大量史料却证明牛崇拜似乎早于农耕。

用牛耕田需要相应的犁，通过牛拉动犁具进行耕作，省

○ 石雕

以减地浮雕的方式制作，两侧为全马，中间牛头。

○ 玉璇玑

时省力。早在5500年前的美索不达米亚和埃及，人们就开始尝试使用犁。早期的犁用Y形的木段制作，下面的枝段雕刻成一个尖头，上面的两个分支则做成把手，将犁系上绳子由一头牛来拉动。埃及和西亚的土地干旱多沙，用这种早期犁具亦可充分挖垦农田，使得庄稼收成大大增加，从而促进了埃及和美索不达米亚的发展。我国的犁是由一种原始的双刃三角形石器发展而来，被称作石犁，主要用来松土和碎土。我国地域辽阔，自然条件复杂多样，在耕作方面，不同的地区有不同的要求。石峁地处黄土高原，黄土质地疏松多孔，有利于原始农具的耕作。在石峁出土的石器当中，的确有类似于犁的农具。夏、商、西周是我国农业技术的初步发展时期，生产工具和耕作栽培等方面有了较大的进步和创造，出现了青铜农具。春秋战国时期铁犁的出现，使得生产效率大为提高。

今天的石峁，在这片支离破碎、崎岖不平的土地上，现代化农具似乎显得不合时宜，更无法发挥出它的优势，所以很多农民依然在使用传统的牛拉犁耕作方式。在这里，千年以前是牛耕地，千年之后依然是牛耕地，犁头、黄牛、农民和这苍茫的大地，构成了天地间最具传承的画卷，它没有绚烂的色彩，却美得让人动容。

放眼望去，四野茫茫，整个世界仿佛都被打上了冬天的

○ 外城东门房址

半地穴性质的窑洞，顶部已坍塌，但门面处保存完好。

烙印，沉闷而寂寥。

立春春未至，石峁依旧持续着冬日的气息，整个大地都是灰色的，不论是荒野还是石峁遗址本体，或许是因为立春时节还是太过寒冷，山峁上没有一点生机，仿佛这里一直都是一个灰色的独立王国。但当视线从地面转向天空，你会发现，这里的天空却和大地截然不同，散发着一种明媚的蓝。这种蓝，让这个灰色的王国显得更加清冷，当然，它也为灰色的大地投下了万丈光亮，使得这片土地不再那么灰暗。

当你将目光重新聚焦于大地之上，你会发现在这个灰色的世界里，遍地都是干枯的草木，有些已经匍匐于地面，被斑驳的白雪覆盖着，有些依然傲立着迎风起舞。大地在悄然萌动。这些伴随季节更迭失去生命的草木，不仅见证了往昔的繁盛，还昭示着明日的希望。

立春的确不是春天本身，只是春天的序曲，但序曲已经奏响，春来了。

东风解冻，散而为雨。

太阳位于黄经 330°，公历 2 月 18—20 日交节。

三候：獭祭鱼，鸿雁来，草木萌动。

雨水

雨水时节，南方的大部分地区已是春意盎然，石峁却持续散发着冬日那沉郁的气息，依旧寒气逼人。

雨水，是二十四节气中的第二个节气，与谷雨、小雪、大雪一样，都是反映降水现象的节气。此时，气温回升，冰雪融化，降水增多，故取名为雨水。《月令七十二候集解》:“正月中，天一生水。春始属木，然生木者必水也，故立春后继之雨水。且东风既解冻，则散而为雨矣。”

2016 年 11 月 30 日，二十四节气被列入联合国教科文组织人类非物质文化遗产名录，可在学界和文艺界出现的关于二十四节气的大量研究与文章中，关于雨水节气的研究甚少，大多文章也是百科上的摘抄。在二十四节气这条漫漫古道上，“四立”“两分”“两至”这些驿站光芒耀眼，相比而言，雨水这个站点显得那么微不足道。

雨水时节，南方的大部分地区已是春意盎然，石峁却持续散发着冬日那沉郁的气息，依旧寒气逼人。但天气预报显示的温度却有所提高，外出的人们和大地一样，仍是冬天的装扮。雨水这个词，听上去就给人以湿气蒙蒙的感觉，现实是，这个时节，石峁将迎来黄土高原的沙尘天气，持续地兑现着古诗中“二月春风似剪刀”的“诺言”，直到谷雨时节才能结束。

雨水过后，太阳的直射点由南半球逐渐向赤道靠近，这时的北半球，日照时间和强度都在增加，气温慢慢回升，冷暖空气交汇，极易发生降水。当然，雨雪的本质均为水，只是形态不同罢了，它们最终都将进入大地的身体。雪，虽是冬天的重要标志，但此时的石峁却是一个极易降雪的时节。据近 20 年的气象数据统计，石峁所在的区域，雨水前后降雪的概率高达 80%。可见雨水并非降雨的开始，而是降水的增多。与冬雪不同的是，此时降下的雪，极易融化。用苇岸的话说：“面对这场不合时令的雪，人们自然会想到刚刚逝去不久的冬天；但在一个历史学家眼里，他也会联想到诸如中国近代的袁世凯昙花一现的称帝时期。”当然，人是一种极为感

○ 遗址内到处散落着曾砌筑过古城墙体的石头，石峁村民为种田方便，将它们堆砌在一起。

性的生物，面对一些自然现象时，总能浮想联翩，尤其是文学家们。

在这寒冷的季节里，考古工作的发掘已经停止，工作人员转而查阅文献典籍，静思石峁现象，以解石峁谜题。农活不忙的石峁村民们围着火炉嗑着瓜子、喝着老茶话家常。尤其在石峁遗址发掘之后，又多了一项日常话题。他们总会问考古工作者：新近出土了什么文物？石峁古城为何废弃？石峁古人去了哪里？截至目前，石峁遗址的考古发掘还处于起步阶段，发掘面积有限，当然，即使全部发掘完毕，也未必知道真相。关于这个遗址，不论是考古学家还是那些普通人，心中都埋藏着太多令人无法解答的疑问。

王和先生的《中国早期国家史话》，对于历史的研究给人以极大的启发。有些真相人们永远不可能知道，尤其是上古时期的历史，但对于真相的理解，或者说与真相的距离却可以向前推进一步。

书中提到的“禅让制”，就是一个极好的例子。在很多人的印象中“禅让制”就是在中国上古时代，尧舜两位帝王没有将王位传给自己的子嗣，而是无私地传给了同时期被誉为德才兼备的贤达之人。也就是人们经常在史书中看到的：尧传给了舜，舜传给了禹。但真相真的是这样吗？在那个邦国林立的时代，那至高无上的政治权利真的会拱手相让吗？

稍有政治常识的人都知道，权力的转移绝不会如此简单，所谓的“禅让”也并非我们理解的那样拱手让人。历史的记载加上儒家的背书，在之后的两千多年中，大部分人对于“禅让”深信不疑。当然质疑的人也不少，早在战国时期的荀子、韩非子就曾明确表达禅让是虚言与逼迫。最有讽刺意味的是曹丕篡权之后的感慨：“舜禹之事，吾知之矣！”

中国历史研究有自己独特的研究方法叫“三重证据法”，是在王国维先生的“二重证据法”基础上形成的一种史学研究证据法。所谓三重证据就是考古新材料与古文献记载相印证，再加上人类文化学的资料与方法的应用。其实简单点说人类文化学就是人类社会的普遍规律，从这一点上，再来看看“禅让”的问题。如果读过《史记》，开篇的《五帝本纪》肯定给人留下了深刻的印象，第一次读甚至会觉得司马迁很不严谨。比如说尧 46 岁上台，在位 98 年，也就是说尧活了 140 多岁。同样，舜也活了 100 多岁。人们都知道如此长的寿命不符合人类基本的生理常识，尤其是在上古时代，并且根据古史的记载我们的三皇五帝都出奇的长寿。还有关于舜的出生问题，舜几代都是底层劳动者，他本人种过地，打过鱼，做过陶器，在家里还饱受欺凌，不受待见，经历了各种磨难之后，终于被尧发现，选为继任者。关于这样的记载，很多人都觉得匪夷所思，因为这不符合常理。其实古代血缘

○ 皇城台墙体

上部为已发掘区域，呈阶梯状，墙体上还有数量众多的纴木孔洞，下部虽未发掘，但墙体走向与砌筑明显。整个墙体残存的垂直高度约 70 米，气势恢宏。

出生决定一个人的社会地位，人们的身份阶层都很固化，舜仅凭道德高尚就能成为高高在上的统治者吗？所以用人类文化学的证据，用人们的常识就可推断“禅让制”的真实性。但话又说回来，这是司马迁在自顾自地胡说吗？当然也不会，作为史学家的他不会凭空捏造，一定是有所依据的。从《史记》通篇来看，他是一个严谨的人，而《史记》也是可信赖的。

那这又怎么讲呢？岂不是自相矛盾？同样可以站在人类文化学这个常识性的角度来看待这个问题，便能解释得通《五帝本纪》中的相关记载。就说年龄问题，如果把尧舜看作是一个部族的话，所谓一百多岁就更加接近常理。当时天下邦国林立，众多部族的势力此消彼长，势力达到巅峰的部族便可成为部落联盟之首。所谓舜的低微出身可看作是舜这个部族势力较弱的时期，舜取代尧则是舜部族崛起、尧部族衰落的体现，“禅让”只是不得已而为之的、和平的政权交接罢了。其实，在古代传说中，把一个群体的形象投射集中到一个人身上是极为常见的现象。不过，禅让是能者居之的最好表现形式，虽然有不得已，但却是上古时代非暴力政治哲学的一种完美体现。

虽然这一切并不一定就是事实，但却是基于常理的角度更加符合实际的一种猜想。这种方法尤其是对于我们研究先秦之前的历史有着极为重要的指导意义。如果经常看破案片，就知道侦探的直觉与很多线索都源于这种普遍的人情事理。

现在用同样的方法，来看看石峁古人因何而废弃这座宏伟的城池。一个人出走可以很随性，可一个部族的迁徙却是一项持久而浩大的工程。偌大的石峁古城，人数往少说都以万计，迁徙不是一朝一夕的事情，不到万不得已便不会有此举动。那迁徙的理由是什么呢？首先可以肯定的是石峁古人生活的这片土地已经不再适宜他们居住。至于不适宜的原因是什么，我们同样可以通过常理去分析。早在 4000 多年前的石峁时代，天下邦国众多，透过石峁完善的城防体系不难看出当时战争的频繁。上古时候，不同的部族与部族联合体之间发生战争，主要是为了争夺最适宜生存繁息的土地。当时地广人稀，武力强者夺取弱者的土地之后，将弱者驱赶到尚未开发的蛮荒旷野，由此出现了反复的、规模巨大的迁徙。从目前的考古资料来看，至少在 3800 年前废弃之后，并未有新的势力集团入驻。还有第二种构想，那便是历来让人们闻之色变的瘟疫，在医疗条件极其低下的远古时代，瘟疫足以灭族。史料记载 2400 多年前的一场疫病几乎摧毁了整个雅典，三国时期“建安七子”王粲的《七哀诗》中有这样的诗句：“出门无所见，白骨蔽平原。”古今中外关于瘟疫的记载几乎每朝每代都有发生，可见瘟疫的毁灭性力量。但至今关于石峁的考古资料并未有瘟疫横行的痕迹。第三种构想，火灾与地震，虽然在发掘的过程中有些地方有火烧的痕迹，但试想一下，即使发生了巨大的火灾，如果这里适宜人们居住的话，灾后重建好过大面积的人口迁徙。而地震却没有任何依据，因为在遗址发掘过程中没有发现相关的情形。还有第四种构想，那就是生态系统的崩溃，虽然证据还不够充分，但就石峁所在的黄土高原地理地貌情况而言，这或许是最合理的解释。早在4000多年前，黄土高原气候适宜，质地疏松，有利于古人用石质工具进行简单的土地开垦和浅种直播等原始农耕活动。但黄土也有着致命的缺陷，就是一旦遭到破荒，水土流失将极为严重，生态恢复也极其困难。石峁古人在这儿长达500年的生活，足以让这里的生态系统崩溃。这种生产生活的不适宜影响到了石峁古人的生存，或许这才

○ 玉蚕

○ 石斧

是他们弃城而去的原因所在。

当然，这只是一种推测，但通过这种人类文化学的视角似乎能让人们更好地去理解一些无法解释的现象，常理性的判断可能更接近事实的真相。

万物出乎震，震为雷，故曰惊蛰。

太阳位于黄经 345°，公历 3 月 5—6 日交节。

三候：桃始华，黄鹂鸣，鹰化为鸠。

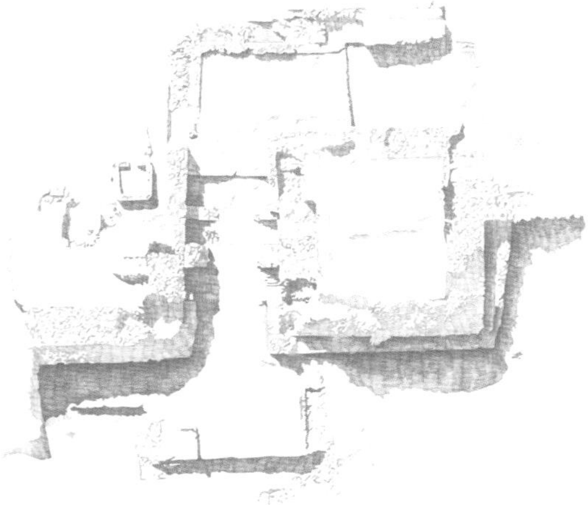

惊蛰

石峁的惊蛰时节，还残留着些许冬日的味道，惊雷未震，大地似乎还在沉睡。

惊蛰，是二十四节气当中第三个节气，历史上也曾被叫作“启蛰”。据说汉朝的第六代皇帝汉景帝的讳为“启”，为了避讳而将“启”改为“惊”。惊蛰是春天的第一声惊雷，《月令七十二候集解》：“二月节……万物出乎震，震为雷，故曰惊蛰，是蛰虫惊而出走矣。”惊蛰时节，春雷始响，蛰伏于地下冬眠的虫类被雷惊醒。惊蛰标志着仲春卯月的开始，气温明显回升，此时的春天终于坐稳了它的江山。

但石峁的惊蛰时节，还残留着些许冬日

的味道，惊雷未震，大地似乎还在沉睡。在这个灰色的世界里，若你愿意弯下腰，仔细观察，就会惊喜地发现，隐藏于枯草之中刚刚冒出绿尖的牙草正在对着你微笑。人类在漫长的演化过程中，追逐舒适的属性，从而丧失了感知大自然的灵敏度，所以很难体察到覆盖于地表之下的萌动。就这一点而言，生活在户外的动植物优于人类很多。可那松动的山坡和山下的河流也同样昭示了春的来临。

惊蛰时节，天气变暖，大地回春，是万物生长的好时候。在南方，该种的农作物都已开始耕种。可石峁所在的区域，还未到耕种的时候，但农人们也并未闲着，此时大地解冻，他们松土送粪，为即将开始的耕种打头阵。当地俗言："惊蛰一过牛不歇。"何止是牛，这也是作为一名石峁农人一个农业周期的真正起点。

惊雷响，蛰虫出，体现着浓浓的哲学意味。

中国幅员辽阔，二十四节气在不同地域所呈现的自然景观差异较大，风土习俗也迥然不同，所谓一方水土养育一方人。惊蛰时节，石峁人有吃梨的习俗，或许是因为春季干燥容易引发春咳，梨有生津润肺的功效。还有人说，梨谐音"离"。石峁周边土地贫瘠，生存环境恶劣，迫使人们外出谋生。清代是中国人口发展史上的一个重要时期，通过康雍乾三世的休养发展，到乾隆年间全国人口突破三亿，人地矛盾尖锐，内地的一些人迫于生活压力，于是有了“走西口”“闯关东”“蹚古道”“拓北庭”“填四川”“下南洋”“赴金山”七股大的移民浪潮。其中“走西口”的主力人群为晋北人、河北人和石峁所在区域的陕北人。正月过后，正是陕北人“走西口”的重要时令。二十四节气令人惊叹的不仅是物候变化，还有“人法自然”的哲学意味深藏其中。

石峁因玉而闻名天下，可很多人不知道的是石峁周边并没有玉矿。石峁玉料的来源极其广泛，西至昆仑，东至辽东半岛的岫岩，南至云南，北至俄罗斯，几乎涵盖了中国大部分的玉料产区。对此人们感到很疑惑，这些玉石是如何到达石峁的？是战争、贸易、进贡，还是掠夺？至今仍旧不得而知。

他们是在何时出发寻找玉石的？会是惊蛰时节吗？

可以遐想，在 4000 多年前的石峁，惊蛰时节，大地回春，在“皇城台”前的“广场上”，石峁王威严地坐在他的宝

座上，巫师们为寻玉而祈福，寻找玉石的兵丁整装待发……

有人惊讶于4000多年前人们的这种远距离交流，想当然地认为在交通不发达的时代，人们的活动区域极为有限。事实上，迁徙是整个动物世界的天然属性，当然，人也包括其中。如果，我们将人类历史放置于一个时间轴上，那么我们在大部分时间里都过着一种“游牧”生活。如果“现代人类出非洲”这个说法可靠，那么现在你看到的任何远距离交流都应不足为奇。万年以前的迁徙、大航海时代的寻找、今天的太空探索在本质上并无差别，探索交流是人类的本性，同时，也是获取物质资源的一种重要途径。

交通工具的普及，使得现代人能到达更多更远的地方。然而，这样便捷的局限在于，人们在更多的时候只能透过玻璃车窗观望图景，而这些图景也因车速快而显得模糊。木心说：“从前的日色变得慢，车、马、邮件都慢，一生只够爱一个人。”石峁的游人从四面八方而来，萧瑟寒冷的气息，让人们步履匆匆，目光潦草。有些未曾打开车门，只匆匆一瞥便扬长而去。而那些守护遗址的人，就在游人们透过车窗的图景当中。他们因为石峁遗址，长期生活于此，眼睛可以环视四周，耳朵能够听见风吟，鼻子能够闻到自然的清新，双脚感受着踩在大地上的踏实。很多人将这里视为落后的穷乡僻壤，人们真正的生活应该在大都市里。可什么才是真正的生活？这是一个无解的问题，每个人的追求都各不相同，有些人追求奢华，有些人追求简洁，有些人拼尽全力只为了活着，有些人一粥一菜足矣……

走进石峁的人们，或许会有这样的疑问：第一个踏上石峁这片土地的那个人是谁？他是偶然来到这里，还是身负使命为族人寻找一块理想的栖息地？他们后来离弃这里的原因是否可以解释他们为何到达这里？《百年孤独》中布恩迪亚家族的第一代何塞·阿尔卡蒂奥，因为不堪邓西奥·阿基拉尔的鬼魂经常在他面前出现，于是带着家人和朋友寻找新的生息地。经过长达两年的跋涉，受梦的启示而定居马孔多，布恩迪亚家族的历史也在此展开。托马斯·D.西利在《蜜蜂的民主》中揭秘了蜜蜂蜂群分家及如何决定在哪里安家。书中讲到在春夏两季鲜花盛开的季节，蜂后会大量繁殖后代，伴随蜜蜂数量的增加，蜂巢内部会发生一种“分家”的行为。一部分蜜蜂会离开旧蜂巢，去往别的地方建设一个新蜂巢，在建设新蜂巢前会派出一些“侦察蜂”选择建设新蜂巢的地点。由此可见，不论是人类的迁徙还是蜜蜂的搬家，不仅有深刻的原因，还有整体搬迁前的审慎抉择。那么，石峁古人因何而来？又因何而去？或许，人们的这些疑问永远得不到准确答案。可问题一旦发出，便像种下去的一粒种子，随着时间的推移不仅不会被遗忘，反而会成长为参天大树，那一

○ 遗址内到处都是残垣断壁，在夕阳下却不显破败，而散发着古老而神秘的气息。

个个枝杈就像是一个个疑问。于是，人们不停地思考与寻找。翻阅书籍查找文献算是一种常规的方式，很多时候，书籍是不能直接给出答案的。所以，人们会用人情事理的底层逻辑去分析，找出一种符合常理的解释，这不失为一种好办法。

拿我们现代人来说，举家搬迁绝对是人生当中的一件大事，很多时候都有不得已的原因。改革开放以来，中国人口迁移活跃，流动人口大为增加，从农村到城市，从内地到沿海，从小城市到一二线大城市，这都属于自发流动。也就是人们常说的到资源更加丰富的地区，过比之前更好的生活，这种流动基本能够改变一个家庭未来的命运。现代社会除了部分新农村建设或者资源开采，大规模的整体搬迁现象已基本不存在。在中国历史上有六次大的人口迁徙（西晋“衣冠南渡”，唐朝“安史之乱”，两宋之交“靖康之变”，明初政治性大移民，清代“湖广填四川”，清末“闯关东”“走西口”“下南洋”），都与重大事件的发生相关联，不论是政治需要战乱逃难，还是经济谋生寻求出路，都有不得已的因素。除了人口迁移，在中国历史上还有数次大规模的迁都，从公元前 14 世纪盘庚迁都到公元 17 世纪顺治迁都。从这些迁都事件中，可以总结出都城迁移的一般原因：黄河流域生态系统遭到破坏是根本原因，经济中心的东移或南移是直接原因，军事、政治斗争中心的转变也是迁都的重要原因之一。其实，

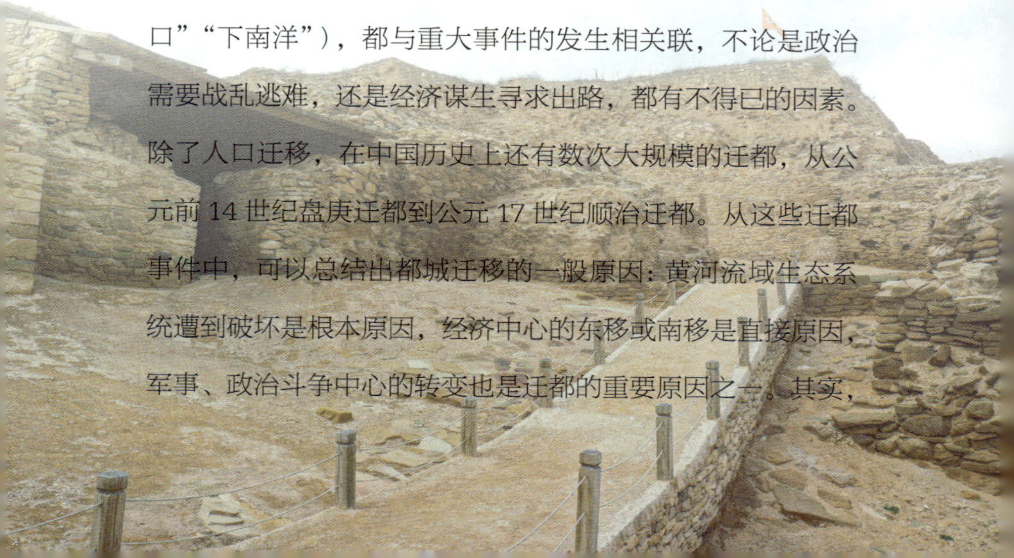

在本质上经济中心的转移多与生态环境息息相关，同样战争掠夺也是为了获取资源。

这样的分析并非没有瑕疵，但众多的历史事实也可作其依据。在人类社会的发展过程中有着极为相似的情境，尤其是在石峁问题的研究当中，毕竟没有直接的文字记载，考古发掘的种种迹象何以解释？用马克·吐温的话说，“历史从不重复，却总是押着相同的韵脚”。“历史从不重复”是指时空人物事件总是在变化着，当然，这是客观规律，众所周知。“押着相同的韵脚”是指变化中那些相似的现象，比如王朝更替，说白了就是几千年来人性不变。如此，我们可以通过已知的历史上的迁徙因素，来推测 4000 多年前石峁古人的迁徙，它必然是关乎整个族群生存的大事。不论他们因何而来，又因何而去，可以肯定的是，这是一种不可抗力的必然，关乎生死存亡。或许石峁历史的开端便是他们不得已迁徙而来的结果，同样，他们的离去，或许可以表示石峁古城的没落，但并不能说明这个族群已经消失。就比如唐朝灭亡了，你不能说生活在唐朝那些人都不在了。或许，石峁古人找到了更加适宜的繁衍之地，谁敢否认这不会像王朝更替那样，又是一段繁盛的开始呢？

春分者，阳在正东，阴在正西，故阴阳相半。

太阳位于黄经 0°，公历 3 月 19—22 日交节。

三候：玄鸟至，雷乃发声，始电。

春分

此时的石峁也有了春的气息，田地里虽然还是光秃秃的一片，但山头沟畔的杨柳早已发出春意盎然的绿芽，荒野中的苜蓿生机勃勃地在向上生长。

当太阳到达黄经0°，直射赤道，它将自己的光芒不偏不倚，一分为二照在了地球南北。此时全球昼夜等长，正如《春秋繁露》中所讲:“春分者，阴阳相半也。故昼夜均而寒暑平。”过了春分，这样的平衡随之而破，北半球的白昼长于黑夜，南半球则相反。此时的石峁也有了春的气息，田地里虽然还是光秃秃的一片，但山头沟畔的杨柳早已发出春意盎然的绿芽，荒野中的苜蓿生机勃勃地在向上生长。如果说惊蛰时，春坐稳了它的江山，那么春分时，它的天下已经开始变得繁盛。

在二十四节气当中，“两分”“两至”“四立”是最早被确定下来的八个节气，因此，这八个节气总伴随着国家祭典仪式，显得分外隆重。《帝京岁时纪胜》:“春分祭日，秋分祭月，乃国之大典，士民不得擅祭。”《周礼》中也有关于春分天子日坛祭日的记载。直到今天，不论是学术研究还是文艺作品，对这八个节气也都青眼相加。元稹“二气莫交争，春分雨处行。雨来看电影，云过听雷声”，顾贞观“谁把春光，平分一半，最惜今朝”“趁取春光，还留一半，莫负今朝”，欧阳修“雨霁风光，春分天气。千花百卉争明媚”，苏轼“雪入春分省见稀，半开桃李不胜威”……大量优美的诗词歌赋，将中华文字之美体现得淋漓尽致。

据说古代帝王春分祭日时，面东而立，朝着太阳升起的地方，献礼奏乐，行三跪九拜之礼。石峁遗址的考古发掘现象，完整地诠释了《左传》中“国之大事，在祀与戎”这一记载。对于这种自然现象的崇拜，是古人最早的信仰系统，

万物皆有灵是他们认识这个世界的开端。透过考古发掘发现的一些现象，不难看出，4000 多年前的石峁古人掌握了不少关于日月星辰的秘密。

《周礼》记载:“以玉作六器，礼天地四方。以苍璧礼天，以黄琮礼地，以青圭礼东方，以赤璋礼南方，以白琥礼西方，以玄璜礼北方。”玉，美石也。礼，履也，所以事神致福也。《周礼》所记载的六器，属于周王朝正式建立的国家典章制度，而这六器在石峁均有发现。这也许暗含了周王朝与石峁的渊源，又或者说石峁时期的礼制已经趋于完备。

曾有学者认为，石峁时期已经有了节令的概念，尤其是对“两分”“两至”的认识。试想，在春分这天，石峁王手奉青圭，面朝东方，带领群臣举行浩大的祭日仪式。因为他们知晓万物生长、寒暑交替均由太阳这位大神掌管。春分过后，暑长寒消，这与史书中相似。由此可知，上古是一个崇尚万物有灵的时代。

按照古人万物有灵这个思路，石峁墙体中那些玉器也就解释得通了。古人认为玉是山川凝聚的精华，上天恩赐的宝物，具有沟通天地鬼神的灵性。在中国，自古就敬玉、重玉。许慎《说文》云:“玉，石之美者，有五德，润泽以温，仁之方也……”五德含义甚广，阴阳家把五德视为金、木、水、火、土，《汉书·郊祀志》将其视为东、西、南、北、中五方种植的五色谷物；古人也指人的五种品德，有的解释为温、良、恭、俭、让。流传最广、认知度最高的一种解释即仁、义、礼、智、信。经过周秦时代，玉文化更是成为中华传统文化的重要内涵，影响至今。

在中华文化的汉字系统中，凡是与玉有关的词，都具有美好、神圣的含义，如形容女子的玉肌、玉手、玉臂、冰清玉洁等，称三界的最高统治者为玉皇大帝，称仙人们所饮为琼浆玉液，形容华丽的宫殿为琼楼玉宇，还有化干戈为玉帛、玉成好事，象征无上权力的传国玉玺，等等。中国文学的开端作品《诗经》《楚辞》亦充满了对美玉的颂扬之辞。《说文解字》中 124 个从玉字旁的字均有美好的含义。可见，玉对于中国人的意义，已经深深地根植于中华传统文化的血脉之中。

石峁所在区域及周边并无玉矿，石峁出土的玉石来源甚广，其中昆仑玉居多，于是有人提出“玉石之路”的概念。近年来，一些专家认为，早在丝绸之路之前应该有一条“玉石之路”。2000 多年前，汉武帝派张骞两次出使西域所走的丝绸之路，这条路的前身应该就是更为古老的“玉石之路”。早在 1700 年前的西晋时期，从河南汲县的战国墓室中出土了一批古简，其中整理出一篇《穆天子传》，其讲述了 3000 年前周穆王驾八骏马车西巡游猎之事。周穆王从中原出发，途经陕西、甘肃等地，最终抵达昆仑山西麓。当时还是母系社会的部落首领西王母，款待了周穆王，还赠送了美石。周穆王在返回途中，又在一些采玉、琢玉的部落中获取了大量的玉石，可谓满载而归。这是关于昆仑玉进入中原最早的史籍记载。

2002 年，中科院考古所和中央电视台联合组织探险考察队，跋涉昆仑山脉，对和田玉矿点、白玉籽料原生地及古代玉石运输路线进行实地勘察。考察队在沿途发现了大量玉石标本和古代先民活动的遗迹，寻找到许多有关“玉石之路”形成和发展的证据。考古证实，大约在 3000 年前新疆一带就有采玉、琢玉的部落，至少从那时起，新疆的和田玉开始进入内地。古代先民从昆仑山、和田一带，由近及远地向东西两翼延伸，把和田玉运送到很远的地方。向东经甘肃、宁夏、陕西、山西进入河南，向西经乌兹别克斯坦，到地中海沿岸的欧亚各国，此即最早的“玉石之路”。一些专家认为“玉石之路”在石峁时期已经出现，并认为石峁就是“玉石之路”真正的源头。

借着石峁古人不远万里的跋涉，如今，在考古专家的手铲下出土了一件又一件的精美玉器，在那众多玉器之中，或许就有 4000 年前在春分之日祭祀日神的那件。

早在清末民初，石峁出土的玉器就已闻名遐迩，农民在

○ 遗址内的树洞率先带来春天的景观

耕地、建窑的过程中发现了大量散落的陶片，当然还有不少玉器和石器。一些闻声而来的盗掘者，在利益的驱使下，肆无忌惮地盗掘古玉。

在新中国成立之前，石峁村家家户户或多或少都有玉器。据传，在 20 世纪 20 年代，一位老农在盖房子的时候发现了一窑洞的玉器，石峁村的人用陕北人装土豆的筐子每家都分到了一筐。当年发现玉的老人早已不在，当地很多上了年纪的老者对这件事也只是听说，现已无法考证事情的真伪。但关于石峁山上出玉的传闻，在石峁周边区域早已不是新闻，直到 20 世纪七八十年代，农民在耕地、建房的过程中还能捡拾到玉器。

以前石峁百姓手中那么多的玉器都去了哪里？听一些老人讲，早在民国期间，遇到赶集的日子，就有周边农民拿着石峁发现的玉器，换取白米、白面、煤油等生活必需品。而石峁村所在的高家堡镇，曾是蒙汉互市之地，驼队马帮穿梭往来，商铺客栈云集，买卖兴旺。优越的地理区位，炽盛的边贸，秦晋蒙三省的客商云集于此，使得高家堡享有“旱码头”的美誉。当时，很多高家堡的富商大户在内蒙古、山西、北京往来做生意。在 20 世纪二三十年代，有些生意人从高家堡出发的时候带一些当地特产和从农民手中低价收购的玉器，回来的时候带着一些佛像和其他物品。

○ 石峁遗址外城东门鸟瞰图

德裔美籍的汉学家萨尔蒙尼（A.Salmony）在《中国玉器》（*Chinese Jade*）一书里讲到一件牙璋，书中记载这件牙璋源于榆林府的农民手里。放眼整个榆林地区，类似于这样的器物只有在石峁才有出土。经调查，在很多国外的博物馆里都有石峁玉器的馆藏，流散到海外的石峁玉器高达4000件之多。那么，石峁玉器是如何流散到国门之外的呢？或许，就是在高家堡商贸繁荣的时代，石峁玉器通过商人之手，源源不断地运往外地，再经文物贩子转手到外国人那里，最终流散出了国门。

4000年前的石峁人不远万里寻找美玉，那是因为至高无上的信仰，在他们的心中玉石是沟通天地的通灵之物。正如

○ 牙璋

《竹书纪年》《山海经》等众多典籍中记载的那样，玉石是祭天、祭地、祭山神等必备之物。如今，玉石的更大作用则是加工为工艺品和佩戴的饰品。当然，受中国传统玉石观念的影响，至今都有“人养玉，玉养人”的说法，认为人与玉之间存在某种机缘。虽然今天的人们对玉石不像古人那般迷信，但历经几千年的积淀，玉石文化早已深入华夏文明的血脉之中，成为华夏文明强有力的基因记忆。

春分后十五日，斗指乙，则清明风至。

太阳位于黄经 15°，公历 4 月 4—6 日交节。

三候：桐始华，田鼠化为鴽，虹始见。

清明

春天的石峁，并不是一个讨喜的季节。但大部分时候并不清明，有时候甚至相反，风厉似剪刀，还常常伴随着黄沙，天地混沌。

《历书》:“春分后十五日，斗指丁，为清明，时万物皆洁齐而清明，盖时当气清景明，万物皆显，因此得名。”古籍中“万物生长此时，皆清洁而明净”的描述与石峁恰恰相反。春天的石峁，并不是一个讨喜的季节。风虽至，但大部分时候并不清明，有时候甚至相反，风厉似剪刀，还常常伴随着黄沙，天地混沌。苇岸说:“在我的经验里，清明多冽风、冥晦或阴雨；仿佛清明天然就是鬼节，天然就是阳间与阴间衔接、生者与亡灵呼应的日子。”当然，大风扬沙不是天天都有，偶尔也有清明时刻，但石峁清明时节无风沙的日子极为少有。

在二十四节气当中，清明与纯粹的节气有所不同，在漫长的历史演变当中，清明兼具了自然与人文两大内涵，不仅反映物候变化与时令顺序，还蕴含着祖先信仰与祭祀文化。这种自然节气与人文风俗的融合，有力地体现了华夏先祖对于天、地、人三者关系的认知，顺天应时，遵循自然节律，实现真正的天人合一。

在北方民间，清明的由来，与大禹有关。相传，在上古时期，黄河洪水泛滥，大禹为了治理洪水，长期与民众一起奋战，于是，就有了“三过家门而不入”的佳话。经过艰苦的治理，对洪水进行有效的疏导，大禹用了 13 年，终于完成了治水大业。“清明”二字就是为了庆贺消除水患，天下太平。史料记载，清明节在唐宋时期就融合了古时寒食节与上巳节的习俗，并杂糅多地民俗。民间传说寒食节是春秋时代为纪

念晋国的忠义之臣介子推而设立的节日，但寒食真正的起源，沿袭的是上古改火的习惯。寒食节是中国北方古代较早的节日，春三月气温上升正值改火的时节，人们在新火未到之时，要禁止生火，只能食用提前准备的冷食。从文献记载可知，先秦有严格的禁火制度，并设立有“司炬”之官。寒食节起初只是禁烟火、吃冷食，在后世的发展中逐渐增加了上坟祭扫、荡秋千、蹴鞠、斗鸡等风俗。上巳节在阴历三月三，早在上古时代就已经成为大规模的民俗节日，春三月，人们结伴去水边沐浴，称为“祓禊”，有去灾祝福之意。后来又增加了祭祀宴饮、曲水流觞、郊外春游等内容。“三月上巳，宜往水边饮酒燕乐，以辟不祥，修禊事也。”这逐渐成为一种雅致的风俗，深受文人墨客的喜爱。王羲之的《兰亭集序》就写于公元 353 年一个惠风和畅的上巳节。还有一些记载说上巳节是女儿节，《红楼梦》中就有大观园的女儿们过上巳节的场

景。直到现在，中国西南地区的一些少数民族依旧过着这个节日。从云南大理每年三月三举行的泼水节活动中，依稀可见古时上巳节祓禊之俗的影子。可见，清明节的众多风俗习惯源于它前后的寒食节和上巳节，这才让清明节的人文内涵更为丰富。

石峁所在地区，在清明前后上坟祭祖也是一件极为重要的事情。很多外出的人们，不顾舟车劳顿，风尘仆仆地赶回来为已故的亲人填土烧香焚纸钱。他们祭祖的方式极为传统，首先他们将故人坟头上的杂草清理干净，然后摆放供品、焚烧纸钱，再行叩拜之礼，最后填上新土。放眼望去，虽不能说石峁坟茔遍野，但也为数不少。清明作为节气，就自然现象而言，南北地域差异较大。但作为节日，祭祖这一现象不论东西南北，即使是远在海外的华人，也保留了这一习俗。由此可见，清明节所表达的孝道亲情，不仅蕴含着某个家族的凝聚力，还深藏着中华儿女的文化认同。

清明前后，由于上坟祭祖的人甚多，火灾频发，经常看到那一道道山梁上冒着苍烟。这个季节里，漫山遍野满是易燃的枯草，伴随浩荡的春风，熊熊的火焰肆无忌惮地迅速扩张着自己的地盘，不一会儿，整座山峁便臣服在它的权威之下。在这道路崎岖的大山上，消防车根本无法抵达，大山上的灭火方式也并不是传统意义上的火起水灭，而是土埋加划出隔离带。这就需要大量的人手，因此当地政府经常组织村民和所在区域的各个单位，进行灭火。由于位置的原因，石峁遗址的工作人员经常作为救火的先锋队。据不完全统计，清明前后，石峁周边每日都有山火发生。于是，防火、救火成了这个时节石峁工作的常态。（2019 年政府提倡文明、环保祭祖，之后有了极大的改善。）

上坟祭祖已有千年传统，可用焚烧冥币、冥物这种方式，隐患诸多，似乎有那么一点不合时宜。尤其是在北方的这个时节，天干物燥，极易引发山火，加上季风，可谓是火上浇油。当然，除了上坟的隐患，当地百姓也会在自家田地上焚烧杂草，这种刀耕火种的原始生产方式和农业起源同步。经过火烧的土地会变得松软，并可利用地表草木灰做肥料，一举两得。一般情况他们会划出焚烧隔离带，不过，偶尔还是会遇到大风天气，火势蔓延迅速，无法及时得到控制，进而造成一定的财产损失。

北方的春天普遍来得晚一些，但清明之时，除了海拔特别高或者纬度特别高的地区，大部分地方相继完成了冬春交替。石峁的风虽大，但总还是比之前温暖了许多，“最美人间四月天”自有它的道理。正如民谣中所唱的那样：“正月寒，二月温，正好时候三月春；暖四月，燥五月，热六月，湿七月，不冷不热是八月；九月凉，十月冷，严冬腊月冰冻天。”

○ 遗址内城景观，田地、坟堆、道路、房址，尤其是那一堆堆的石头，那都是曾经建造石峁古城的原材料。

四月时节，“正是春光最盛时”，踏春、郊游、放风筝……

此时的石峁山，已明显有春回大地的气象，沟畔间的榆树上簇拥着一枝枝嫩绿的榆钱儿。据说，在物资匮乏的年代，春季地里的野草、榆钱儿都是人们争抢的食物。直到现在，当地人还有清明食用榆钱儿麦饭的习俗。他们将榆钱儿摘回来，清洗干净，和面粉混合搅拌成大颗粒状，上锅蒸熟之后换油锅加入佐料翻炒。据说这样做出的榆钱饭美味清香，有自然的味道。

石峁山上种植的红葱是当地最负盛名的土特产，在这块土地上生长的红葱，味道分外浓烈。红葱喜冷耐旱，清明前大地刚刚解冻，正是石峁人栽种红葱的好时节。石峁村有专门的红葱种植合作社，为当地的红葱种植户提供专业的技术支持和销售服务。每到秋末红葱收获的时候，全国各地的商贩前来收购，一车一车地销往远方，红葱早已成为当地居民增收致富的支柱产业。用红葱当佐料，辛辣入味，除腥去寒，尤其与当地的羊肉相配，堪称舌尖上的珍馐美味。红葱还可当药用，当地人用红葱的葱白与大米熬制成葱白粥服用，具有解表散寒、和胃补中的功效，可治疗风寒感冒。

据说葱的起源地就在中国的高纬地带和西伯利亚，相传神农尝百草，就发现了葱这一味，之后便成为人们日常膳食的调味品。如今，除了人们栽种，在石峁山的荒野之地，常

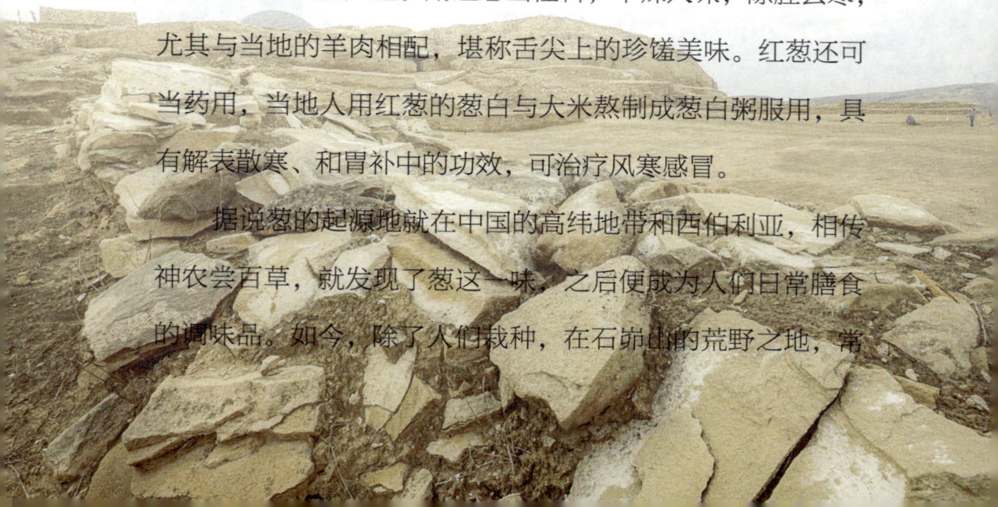

有野生葱的出现，其味道更为辛辣。这不仅让人联想到在4000多年前这块土地上，是否生长着葱这一作物，在石峁古人大快朵颐烹嚼的食物中，是否已经加入了葱这味作料，使得他们所食之物的味道更加鲜美。《管子》中记载，齐桓公“北伐山戎，出冬葱及戎菽，布之天下”，《史记・匈奴列传》记载，“唐虞以上有戎、猃狁、荤粥，居于北蛮”，这说明在唐尧、虞舜的时代就有山戎一族，居住在中国北方，那么山戎栽种葱的历史又有多久呢？

历史的演化与我们自身有着密切的联系，历史中存在过的一些事物、现象，至今都有留存，反映在语言、习惯、器物等各种事物当中。人们今天触手可及、看似一切习以为常的物品，其实每一种的发现都来之不易，并且经历了漫长的演化历史。就拿我们日常所食来说，不论是小麦还是大米，不论是水果还是蔬菜，从这些物种的发现到驯化，从来都不是一蹴而就，无不经历了极为漫长、曲折的演化。就拿清明这个节气而言，确立这个节气肯定早于我们今天所能读到的史料记载，从自然现象到人文内涵的转变也经历了漫长的岁月。直到今天，人们还在改变着某些特定节日的习俗，并且这样的改变与时俱进。有继承，有改变，这或许才是真正意义上的传承。

清明后十五日，斗指辰，为谷雨，谷得雨而生也。

太阳位于黄经 30°，公历 4 月 19—21 日交节。

三候：萍始生，鸣鸠拂其羽，戴胜降于桑。

谷雨

谷雨时节的石峁，沙尘天气基本结束，天气明显变得温暖，终于有了清明之感。

谷雨，顾名思义，谷得雨而生，是为雨生百谷，水润万物。

谷雨是二十四节气当中第六个节气，也是春季最后一个节气。上古时代以北斗七星的斗柄指向辰位为谷雨，现行的“定气法”以太阳到达黄经 30° 时为谷雨。《月令七十二候集解》:“三月中，自雨水后，土膏脉动，今又雨其谷于水也。雨读作去声，如雨我公田之雨。盖谷以此时播种，自上而下也。”

关于谷雨的由来，有一个动人且关乎人类文明的传说。4000 多年前，轩辕黄帝的史官仓颉，在记录事情时发现结绳记事的局限，于是开始琢磨一种新的取代方式。某天，他跟随猎人外出狩猎，猎人根据地上各种野兽的足迹判定猎物行踪的方式，给了仓颉很大的启发，于是他依类象形，创造出文字。当时天下正遭受着灾荒，仓颉造字感天动地，于是天降谷雨，缓解灾情。后来人们就把这一天唤作“谷雨”。直到现在，在陕西、河南等地都有“谷雨祭仓颉”的习俗。

谷雨时节的石峁，沙尘天气基本结束，天气明显变得温暖，终于有了清明之感。荒野间绿意斑驳，梁峁沟壑间的田地上农人也已经开始播种，偶尔有老农放开嗓子唱着信天游，那歌声高亢、有力，唱出了石峁的春回大地。“春物方荡，民情以郁陶。”此时此刻，人们的情绪像是复苏的万物，充满了朝气与力量。遗址栏杆上那一排排叽叽喳喳的麻雀，仿佛也

在庆祝春的美好，就连那古老的城墙上都生长出嫩绿的春草。生机勃勃足以概括此时整个世界的模样。

不同地域在同一时间里，呈现的物候现象千差万别，农事也有较大差别。譬如，有些地方“谷雨种大田”，方才开始；有些地方已是“谷雨谷满田”，几近结束。此时，石峁的春播才拉开帷幕。农业生产遵循的自然节令被人们精辟地总结为“不违农时”，正如当地俗言：“跟着节令过日子，就不会饿肚子。”

“谷”字词条中的含义颇丰，其中一条便是指“粟的别称”。中国北方，特别是黄河流域，是世界上粟作农业的重要发源地。粟作农业还包括黍等其他品种，但最常见、产量最高、种植面积最大的还是谷子。在石峁考古发掘的过程中，就发现了大量碳化了的粟与黍。可见，在4000多年前，石

峁这片土地上就生长着这种作物。有趣的是今天的石峁依旧大面积种植着谷子（别称小米、粟米），并且品相极好，远近闻名。在整个陕北地区，小米稀饭几乎是每一家餐桌上的日常必备“饮品”。尤其是在女人坐月子的时候，餐餐不离。不论是 4000 年前，还是今天，石峁人似乎对谷子都有一种偏爱。我们无法计算这块土地上种植的谷子究竟养育了多少人。

瑞典汉学家林西莉在她的著作《汉字王国》中讲：“我只要看到这个字，马上就会想起一个人走进黄土高原沟壑里的滋味。”一个外国人对汉字的感觉竟然如此精准。的确，谷字在词条中排第一的解释，就是两山之间的夹道，有山谷、河谷之意。

谷子。黄土。石峁人。

表面上看黄土孕育了谷子，谷子养育了石峁人。这三者看似形成一种完美的闭合，深思之下，似乎存在某种致命的漏洞。这三者在同一生态系统，如若失衡，会造成什么后果？或许这才是石峁古城衰落的根本原因。

石峁位于黄土高原腹地，紧邻毛乌素沙漠，地貌特点是千沟万壑，植被覆盖率低；气候特点是干旱缺水，春季风沙，夏季暴雨，冬季严寒：这便是石峁如今的景象。据史书记载，距今 4000 年前的虞夏时期，中国北方的黄河流域洪水肆虐：“当尧之时，……洪水横流，泛滥于天下”，“禹之时，天下大雨，禹令民聚土积薪，择丘陵而处之”。这些文献的记载为我们解答了石峁古人选择黄土丘陵地带的原因。早在4000多年前，石峁所在的黄土高原，黄土堆积面宽阔平坦，质地疏松，气候适宜，有利于古人用石质工具进行简单的土地开垦和浅种直播等原始农耕活动。黄土本身富含植物生长所需的各种元素，保证了原始农业在社会生产力低下时，仍能取得较好的收成。

从人类诞生的那天开始，人类就有意或无意地影响着自己的生存环境，人类的农业活动会造成天然植被的破坏和土地的贫瘠化，后者反过来也会带来农业的衰退。希罗多德讲：“人类大踏步地走过风景秀美之地，而沙漠紧随其后。”在大卫·克里斯蒂安的《时间地图》一书中讲到，农业意味着改变自然的进程以满足人类的利益，因此也意味着干预自然的生态循环，通过排除不需要的物种，人类偏爱的物种大为增加。历史研究表明，单一作物不利于生态多样化，尤其是对土地有着较为致命的影响：植被覆盖的降低，土壤的侵蚀度增加，同时肥力也在减弱。黄土对于原始农耕有诸多好处，同样，也有致命缺陷。看上去肥沃的黄土地，生态极其脆弱。由于它疏松的质地，在地表植被遭到破坏后，水土流失加剧，土地恢复力极其缓慢。直到今天，黄土高原依然是世界上水土流失最为严重的地方之一。

○ 皇城台东北侧墙体上部，遗址未发掘之前就一直裸露，长满了青苔。密集的纴木孔洞下方是石峁时代的散水设施。

考古发掘表明，石峁古人过着定居的农耕生活，而农业属于劳动密集型产业。农耕定居者繁衍后代的能力远超于狩猎采集者，随着人口的增加，需要更多的土地、更多的柴薪、更多的陶器（烧制陶器需要大量的木材）来满足人们的需求，所以大片的森林被砍伐，大面积的草地被开垦。在残存的石峁古城墙体中，纴木的孔洞不计其数，还有漫山的陶片，想想看，这又毁掉了多少林木。石峁考古工作人员在多次汇报中提到，北起包头—岱海一线，东到山西吕梁山区，南到延安一带，西至毛乌素沙漠，在这大约 15 万至 20 万平方公里的范围内有 600 多座这样的石头城，仅石峁所在的秃尾河流域（黄河的一级支流）就有 300 多座。不管具体数目是多少，密集的人口终究难以为继，不得不靠卫星聚落来疏散。随着人口的膨胀，资源日益减少，这片土地超越了自身的承受极限，最终人们不得不踏上背井离乡之路。在整个历史上，人类对土地的开拓产生了这样一种进程：垦殖—破坏—继续前行（或坐以待毙）。

在干燥的气候条件下，黄土高原树木的再生速度比不上砍伐的速度，从而导致森林消失的悲剧，进一步加剧了水土流失。在人类文明的进程中，有太多的族群因为人口与资源失调而自食苦果，玛雅文明的崩溃、复活节岛物种的灭绝、中世纪格陵兰岛维京人的消亡、卢旺达和海地的悲剧……在公元 10 世纪，一位萨曼王子确定了四个人间天堂：撒马尔罕地区、南波斯、南伊拉克及大马士革。今天只要去过这些地方的人都会惊讶于曾经天堂的称呼，它们饱受战争之苦，但战争只是其衰退的次要原因。

地质学家李四光曾说："我们现在敢下一个断案，那就是地下的种种情形有左右地上居民生活状态的势力。那种势力的作用，常连亘不断。它的影响虽然不能见于朝夕，然而积久则伟大而不可抗。"在那个生产力低下的时代，人们无休止地向自然索取，却没有能力修复，自然资源只有在取用速度慢于再生速度的条件下，才能实现可持续发展。500 年的时

○ 陶器

间足以让石峁的生态系统崩溃，让这片土地从美好变成噩梦。可喜的是 1999 年退耕还林工作率先在陕西开始试点，十几年过去了，成效显著。可石峁周边森林覆盖率还是低得可怜。或许，这里真正需要的是园艺工作者和生态建设者，而不是考古专家或者别的什么遗址保护者。对于人类来说，所谓历史的最好教训便是不再重蹈覆辙，上演曾经衰亡的经历。

当然历史不会重复，今时也不同往日，可如今的环境问题却更为严峻：人为造成的气候变化、环境中有毒化学物的增加、能源短缺和人类对地球光合作用的极限利用，等等。现代人生活在科技发达、物质富裕的社会，任何人都有可能落入乱用环境资源的陷阱。或许这种想法过于悲观，但认为日新月异的高科技能解决一切的问题，是否过于乐观了一点？再看看废墟中那些宏伟的建筑，这些遗址的规模足以证明古人的智慧、财富与权力，可如今除了考古学家们的点滴解读，无人知道他们的过往。这样的命运是否会降临在我们身上？未来的某一天，游客们会不会满怀浪漫神秘的情调望着锈迹斑斑的摩天大楼遗迹，就像今天的人们注视着石峁遗址？

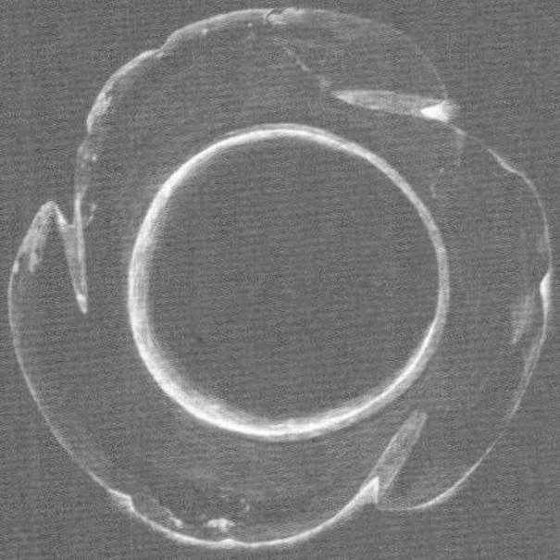

夏

SUMMER

斗指东南，维为立夏，万物至此皆长大。

太阳位于黄经 45°，公历 5 月 5—7 日交节。

三候：蝼蝈鸣，蚯蚓出，王瓜生。

立夏

立夏时节，石峁山上唯有苜蓿郁勃的模样昭示着夏日的来临，直观地践行着季节的更迭。相比之下，农人耕种的田地还是一派光秃秃的景象，山坡上的枣树也才刚刚发出嫩芽。

立夏，乃春夏之交，是结束也是开始。

《淮南子》:“夏为衡，衡以平物，使之均也。”衡为秤，秤为公，夏天给万物以均衡的滋养。此时，天气下降，地气上升，可谓“孟夏之日，天地始交，万物并秀”。祖国的大江南北呈现出一派生机勃勃的模样。

立夏时节，若按气象学的意义，石峁的温度还未立夏，但荒野之中的绿色已不再斑驳分布，桑柳榆槐都有了繁茂之态，尤其是享有“牧草之王”美誉的苜蓿，绿油油的，连成一片。放眼望去，整座山峁唯有苜蓿郁勃的模样昭示着夏日的来临，直观地践行着季节的更迭。相比之下，农人耕种的田地还是一派光秃秃的景象，山坡上的枣树也才刚刚发出嫩芽。

自然之中，万物的生长真的是有趣极了，那些未经人为干涉生长于荒野之中的草木郁郁葱葱，农人种植的庄稼却还未发芽，大多坟茔都高出周边田地，而同一地块不同植物的生长周期又大不相同。宗白华先生说自然是人类一切的最好典范，的确，万物相通。

这一切就像是人一样，每个人都有属于自己独一无二的生命轨迹，即使是生活在同一屋檐下抑或是同卵双胞胎。现实生活中的人们总是喜欢比较，贫与富、胖与瘦、高与矮、好与坏……殊不知由于个体的差别，每一个物种都有属于自己的生长周期。人类体质学证明人生而不同，外部环境更是天差地别。三岁才学会走路的人并不影响他成年之后参加马拉松，四岁学会说话的人照样能成为演讲冠军。肉眼无法窥视每个人内在独有的成长机制。正如田野里的那些庄稼，用老农的话说："不着急，时候到了自然就长出来了。"

"时候"这个词真是漂亮极了！这让人想到中国古代建筑中的榫卯，分毫不差，凹凸相嵌刚刚好。

史载，古人每年"四立"之时，都要在郊外举行隆重的

○ 玉蝉

○ 皇城台墙体一角

“迎时气”仪式。据《礼记 · 月令》记载，在立夏前太史官要向天子报告立夏的到来，天子斋戒三日。到了立夏这天，“天子亲率三公九卿大夫以迎夏于南郊”。并以歌舞告祭，天子、群臣和表演者皆着“赤衣”，整个祭祀的场面一片火红（古人认为四时皆有色，“夏色赤”）。同时，夏官去各地勉励农民耕作，以求不违农时。4000 年前的石峁也已进入了农耕时代，在这个重要的时节，他们又是以何种方式度过的呢？

古时，祭祀天地四时皆王者为之，普通百姓祭祀则以变换与自己息息相关的日常衣食的形式求得健康平安。王者之事有史载，常人之事靠相传，史料记载极有限。

从严格意义上讲，石峁属于半干旱地区，降水少，雨热同期，年降雨量 400 多毫米。一方水土养育一方人，石峁这片土地孕育出适于它的耐旱作物。石峁盛产的黑豆，是神木的特产，也是全国农产品地理标识。立夏前后，正是石峁人种植黑豆的时节。我国从远古时候就有“五谷”之说，受地域差异的影响，“五谷”内容略有不同，但不管在什么地方，豆都在这五谷之中。大量史料证明，豆的起源至少有 5000 年的历史。石峁地处早期农业起源地，这里的黄土地适于豆类作物生长。高升在关于石峁遗址植物遗存的研究中，证实了豆科植物在石峁较为丰富。从大量历史地理研究的著作中不难看出，4000 年前石峁所在的黄土高原比如今的自然条件更加适于农业的发展。立夏是万物生长的好时节，所以，进入农耕的石峁古人也不例外，他们忙碌于田间地头。4000 年前的石峁人和今天的石峁人一样都是肉体凡胎，本质需求皆为衣食住行，只是生产工具不同罢了。

在历史研究中，人们总是会格外地关注那些光鲜的、占据主导地位的事或人。皇室贵胄与伟人趣事，永远是人们乐此不疲的研究对象。正如法国博物学家法布尔所言，“历史赞美我们面对死亡的战场，但是不屑于谈及我们赖以繁荣的被耕耘的田地。它知道国王的私生子的名字，但是却不能告诉我们小麦的起源”。正如人们对于石峁的研究（猜想），早在 4000 多年前这里的统治者是谁，是在谁的号令之下修建了这宏伟的城池，甚至一些知名学者仅凭蛛丝马迹就能将这座都城与人文始祖黄帝联系起来，包括考古学家也偏爱即将发掘的宫殿区。但凡发现什么精美器物，或者所谓贵重物品，便会听到这样的结论：不是一般平民所能享用的。那种语气与语调所透露出的不屑，带着人们固有的偏见，所反映出的也是人们对客观历史研究精神的缺失。当人们看到一座古代城堡时，会站在美学的角度赞叹这种宏伟与美感，也会想到至高无上的权力与王族，再翻阅典籍，有大量关于城堡主人及其王族成员的记载，甚至是八卦，但对于修建这座城堡的劳工却只字不提，或者一笔带过。历史名人是什么？是有人为他

○ 遗址内的景观

那些未经人为干涉生长于荒野之中的草木郁郁葱葱，农人种植的庄稼却还未发芽。

们列传，这是只有少数人才享有的待遇。在一个影视剧当中，有一段辩论赛的片段。辩论观点是人民创造了历史还是英雄创造了历史，而这个命题本身就是矛盾的，人民和英雄都是历史的参与者，何谈谁创造的问题。记得当时有人举例说没有诸葛亮就不会有草船借箭的胜利，类似于这样的例子举了很多，总之表达的都是领导者的重要性，但反过来想这样的观点又是站不住脚的，如果只有领导者，没有广大的普通人，这事还能成吗？就拿诸葛亮来说，只有诸葛亮一个人，草船借箭就只能是纸上谈兵的空想罢了。人们总是过于放大那些高高在上之人的光辉，却忽视了成千上万的践行者。就如同眼前的遗存，人们嘴边挂着的永远都是王权中枢、国家雏形，有谁能想到烈日下的劳工和寒风中的士兵？同样，人们对遗址本体的关注也远远超过了脚下这片土地对人们的滋养。

人为书写的历史，只是一种观点，所谓观点，是人们站在某一特定的位置观察感知到的一种现象。那不是一种全能视角，甚至可以说只是历史的某一局部。就如人们远远地望着那座山，不论站立于哪个位置去观察，你永远无法同时窥其全貌。如果史官们再加入自己的一点主观意见，当将附加的东西剥离之后，真实将所剩无几。至于真实的历史是什么样子的，人们都不知道，或许未来有一天科技发达到可复原石峁古城的一切，即便那样，对于石峁古人内心世界的活动，

○ 外城东门立夏星轨图

我们感知到的依旧是一片荒芜。

此时，石峁大地上的温度，似乎和夏季还有一点距离，但头顶的星空却有了夏天的景象。在天气晴朗无光源干扰的时候，能看到天蝎星已经抬头，还能看到一条明亮的光带，那便是银河。

黝黑的夜幕中镶嵌着璀璨的繁星，万籁俱寂的旷野中残留着古老的遗存，淡墨色的树影矗立在梁峁沟壑间。夜幕中的石峁，透露出一股神秘的味道。

如此之境，容易激发出人们所有的好奇心。在这个规模庞大的城池中遗留着数量不菲的文物。不论是高大巍峨的建筑，还是巧夺天工的玉器，抑或是烧制精美的陶器，无不彰显着这里曾经的繁盛与石峁古人的智慧。那么，4000 多年前这里到底居住着一个什么样的族群？究竟发生了什么让他们离去？在这片土地上到底埋藏着多少过往与秘密？考古学家们用他们的手铲实证，这里，可以为中华文明史添上浓墨重彩的一笔。可人们疑惑的是，如此之地，竟然在古老的典籍中没有留下只言片语。现代人穷尽自己的想象，对于古人遗留的种种现象所给予的解释，依旧显得苍白无力。考古的发掘，媒体的报道，让这片土地在人们的眼中变得更加神秘。石峁的村民感慨，生活了一辈子的地方突然就变得神秘起来。连同他们田间地头的闲聊也和遗址挂上了钩。这片土地的确给人们留有太多的疑问，但这片土地本身并没有任何改变，只是人们的认知发生了变化而已。

“考古”这个词似乎与生俱来就携带着神秘的气息，加之大多考古的环境都是一些偏僻所在，而考古工作又相对小众，不论在时间上还是空间上都与大众形成一定的距离，这段距离又平添了几分神秘。众多心理学研究表明，人类的好奇心与八卦欲对一些距自己遥远神秘的事物有着一种天生的热情。一件出土文物能让人们杜撰出一些神乎其神的故事，尤其是几经周折连同这件文物都被描述得面目全非，这样的八卦能力没有哪一物种能和人类相比。有人类学家认为，人的语言就源于八卦的驱动，如此说来，八卦也是人类进化史上的“大功臣”。

滔滔孟夏兮，草木莽莽，绿色冉冉遍天涯。清风朗月不用一钱买，正值初夏好时节。

四月中，小满者，物至于此小得盈满。

太阳位于黄经 60°，公历 5 月 20—22 日交节。

三候：苦菜秀，靡草死，麦秋至。

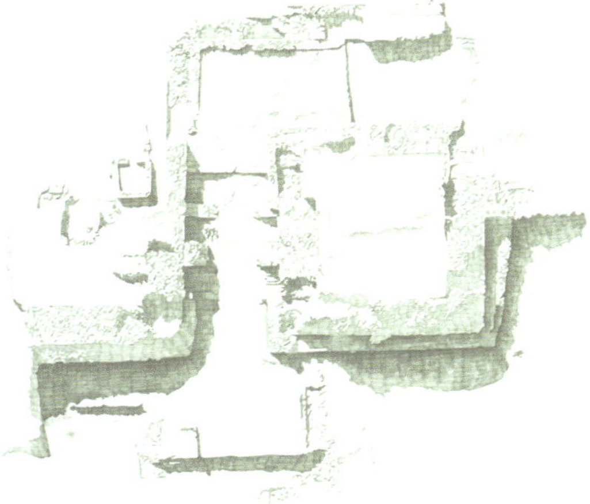

小满

此时的石峁，风沙与寒潮天气已彻底结束。清风徐徐，荒芜的山峁披上了明媚的绿衣。

万物缀大地，皓月醒长空。

从立夏开始到夏至结束，一年当中这段时间阳气最盛，之后开始下行。夏天，地上水，天上阳，而万物生长皆需光和水，这是万物快速成长的季节。谓之，万物勃发。

此时的石峁，风沙与寒潮天气已彻底结束。清风徐徐，荒芜的山峁披上了明媚的绿衣。经历过漫长的寒冷就知道此时的温暖是多么珍贵。人们的身体与大地一同变得盎然，从感官到内里，冰封于内心深处的温热从容不迫地蔓延至眼眶。季节更迭是自然界最为寻常的变化，人们伴随着这种亘古不变的节奏，与大自然一起律动。

春风吹，苦菜长，荒滩野地是粮仓。

苦菜属菊科植物，是一种极为古老的品种，小满时节，石峁山上遍地皆是。传说神农尝百草最先尝到这一味。或许，4000 年前的石峁人已经开始食用。《诗经》：“采苦采苦，首阳之下。”史料载商末孤竹国的两位王子伯夷与叔齐，兄弟之间因相互让国而离开故土。兄弟二人听闻西伯（周文王）有德，于是前去西岐考察。快到西岐边境时，听闻西伯已逝，武王正兴兵伐纣，于是二人朝着周兵前进的方向，拦住周武王的马，扣住他的缰绳进行劝谏：“父死不葬，及干戈，可谓孝乎？以臣弑君，可谓仁乎？”武王手下欲对二人动手，姜尚制止，说：“此义人也，扶而去之。”武王伐纣取得胜利，天下宗周。伯夷与叔齐耻食周粟，隐居首阳山，靠采集野菜为生。一妇人见此便说：“你们大义不食周粟，可这苦菜不也生长在周地吗？”之后伯夷叔齐连苦菜也不食，最终饿死于首阳山。

在历史时期，石峁地处边关，虽非苦寒之地，但这里的土地并不肥沃，居住在这里的人们过得异常艰辛。小满时节的石峁，可谓青黄不接。苦菜和其他野菜在这个时节显得尤为珍贵，当地的年长者称苦菜为灾荒年成的救命菜，据说，

○ 外城东门附近城墙墙体

在20世纪五六十年代，苦菜还是幼苗时就被饥饿的人们一拔而光。传说，王宝钏寒窑苦等薛平贵十八年，也是以苦菜为食渡过了难关。如今，人们生活在富裕时代，苦菜只是餐桌上的调剂品。苦菜的营养价值极高，长期食用具有治疗贫血与预防癌症的功效，现今将其形成产业链，研发出系列产品，即使在寒冬腊月时也能吃得上。当地百姓在地里干活，不小心划破了手，就地取材，将苦菜捣碎敷在伤口处，据说伤口很快就会愈合。

小满，蕴含着自然的智慧，也潜藏着人类的认知。在二十四节气当中大寒对应小寒、大雪对应小雪，有小满却无大满，这又是何故？月满则缺，水满则溢，满则亏，满则损，鼎盛至极必定转衰。这让人想到了中庸与节制，理解了什么才是恰到好处。就像石峁老农说："小满前后，安瓜点豆，这庄稼人过日子，要跟紧节令，不能前也不能后。"这古老的智慧像珍珠一样散落在中华大地上，化作这片土地重要的基因编码。

人是自然演进的产物，人与自然有着千丝万缕的联系，伴随着天地四时的变化，我们从表象的衣物增减到内里的心绪起伏，时时刻刻都在证实着一个真理：人脱胎于自然。我们都有过这样的感受，当我们从钢筋混凝土的丛林走入大自然，当我们看到春日里枝头上的花朵，当微风拂过脸颊，当双手将一捧清泉送到嘴边……我们的整个身心如同分泌多巴胺一般愉悦。这种隐隐的联系，我们讲不出是什么道理，但不可否认的是，人与自然的这种关系是根植于某种基因的记忆中。正如荣格在他的《原型与集体无意识》中所讲，人类有着共同的原始意象，共同的心理土壤，共同的远古生活经验，所以这种集体无意识不被人觉察，就如同我们自身的血肉。

研究表明，每个民族或者国家特性和记忆都与当地的自然环境有关，国家是一个抽象的概念，但河山却很具体。尤其是每当一个国家或民族需要凝聚力的时候，那些自然物象就能起到很重要的作用。印度的恒河，日本的富士山，埃及的尼罗河，中国的长江黄河等等。《上甘岭》的插曲《我的祖国》开头就是一幅自然风景画:“一条大河波浪宽，风吹稻花香两岸。我家就在岸上住，听惯了艄公的号子……这是强大的祖国，是我生长的地方。在这片温暖的土地上，到处都有和平的阳光。”最后的落脚点是祖国。还有《保卫黄河》，而这里的黄河意指整个中国，正如结尾的那句“保卫全中国”。这种集体对某一自然景物的共同情感，正是由于长时间这一集体共同生活的环境所构成的一种集体文化认同。人们经常说一个国家的人有共同的性格特点、共同的饮食偏好等等，这都源于一方水土养一方人。

但现代化的进程，加速了侵蚀自然环境的步伐。那来自荒野的草木，还有偶尔遇见的小动物，都能令人满怀惊喜，但人们带给它们的却是伤害。杜兰特说：“我们的到来会让受惊的小动物逃跑，飞鸟四散，鱼儿消失。突然我们感到在这个没有偏见的星球上，我们是多么可怕的少数。而那万千生灵显然会这样觉得，我们是进入他们领地的闯入者。”正如曾经那片对人类来说是未开垦的土地，却早已是一些动物的家园，可人类强行闯入，让原本的“土著民”四处流窜。在整个生态系统发展演化的道路上，人类成了这个世界的主宰，人类不停地入侵，让动物的灵敏性大为提高。进化总是被迫的，万物相通，几乎所有的物种都想待在舒适区，变得灵敏只是为了更好地适应与生存。

动物园中瘦弱的驯兽师与十几只巨大的猛兽，那种反差强烈地冲击着人们的大脑。那些巨型猛兽，譬如老虎、狮子、豹子等，在驯兽师的手下比温驯的绵羊都要乖巧，不论是让它打滚还是钻圈，都乖乖听话，除了体型之外几乎看不到它们身上的野性。在自然界中，它们位于食物链的顶端，可在人的面前它们还是败下阵来。有时候真的不得不感慨人这个物种，强大到让人害怕。大量的研究也表明，人类所到之处，大部分物种都灭绝了。的确，小到鸟雀，大到猛兽，人类都能让它们为己所用，这个星球上没有哪个物种有如此的竞争力。那些关于保护野生动物的话题让人反感，一边屠戮，一

外城东门门道

○ 铜环

边保护，左手的鲜血还没有干透，右手就举起了良善的大旗，这不禁让人想到了贼喊捉贼。那些被关在笼中本该驰骋于荒野的动物，人们不仅侵占了它们的领地，还将它们掳来当作玩物或者食物。

人类几乎凌驾于万物之上，却成了欲望的奴隶。正如人类学家的研究，人们将物品堆满屋子，并非因为需求，而是因为潜藏在人们心底那看不见的占有欲。就个人而言购买不需要的物品是支出配比不当，但本质却是资源的浪费。一切物质源于自然，某些非可再生资源也会因为无止境的使用而枯竭。而那些拜倒在技术进步神龛下的人们却乐观地认为没有解决不了的难题。《三体》中归零者呼吁各种文明归还物质的情节给人留下了深刻的印象，由于宇宙中各种文明偷取物质建设自己的小宇宙，导致宇宙的总质量即将降到一个临界值，而这个临界值意味着死神的降临。虽然这是科幻小说里的情节，但却可以给人们现实意义的启示，人们过度地向地球索取，将来会不会也迎来人类赖以生存的这颗星球的临界值，进而面对死神？至于答案是否肯定，谁也不得而知，但因为人类的过度活动所引发的一系列环境问题却是不争的事实。

我们通过自身特有的方式，不停地改造着自己赖以生存的这个世界。人们建造工厂，排放废水、废气、废物，大家明明知道很多行为都是在破坏自己赖以生存的环境，可还是会为了眼前的利益不顾一切。我们让城市被雾霾包围，同时将欲望的触角伸向了荒野。人们都说这是为了人类文明的进步与发展，可如果以牺牲人类生存的环境为代价，是否会得不偿失？这就像是我们很多现代都市人，以牺牲健康为代价换取经济回报，严重者付出了生命的代价，近年来因压力或者过劳猝死的人数不断增加，难道这些生命的代价还不能够让我们警醒吗？放在一个长远的视角，我们为了眼前利益以牺牲环境为代价，和以健康换取经济回报的个体并无差异。我们都明白舍本逐末的含义，却在现实中总是干着舍本逐末的事情。

小满的智慧，石峁老农理解得更深刻，践行得更彻底。

五月节，谓有芒之种谷可稼种矣。

太阳位于黄经 75°，公历 6 月 5—7 日交节。

三候：螳螂生，鹏始鸣，反舌无声。

芒种

此时正值石峁谷糜类作物播种的时候，当地俗言："芒种不种，再种无用。"

《月令七十二候集解》："每年小满后十五日，斗指丙，为芒种。五月节，谓有芒之种谷可稼种矣。"稼为种，穑为收，芒种正是麦类有芒植物收获、谷黍类作物播种的时节，可谓亦稼亦穑。

此时正值石峁谷糜类作物播种的时候，当地俗言："芒种不种，再种无用。"春争日，夏争时，芒种是名副其实的"忙种"。如今，农村人口大量外出，留守的皆是一些年长者，石峁村也不例外。这些留守的老人，并没有因年龄而疏于田间劳作。他们自称"庄稼人”，只要还有一丝力气，都要去田地里劳动，他们说这是庄稼人的本分。一眼望去，田野中劳作的人屈指可数，这正是那些年迈的留守者。曾经的芒种时节，石峁人耕作的场景可谓热火朝天，因为他们吃的主粮就在这时播种。此时的石峁，虽未到盛夏时节，但阳光却火辣辣地炙烤着大地。那些在太阳下干活的人们，弯腰弓背，仿佛身负重物，整座山峁显得蓬勃而又沉寂。

《吕氏春秋》中讲：“稼生于野，而藏于仓。”作为农人，注定要在太阳下耕作，才能获取收成。陈忠实先生说：“弯腰曲背在大太阳下的劳动是沉重的。”这种劳作的确辛苦，但并不沉重，这种人与泥土大地直接的联结，使人类能够生生不息地繁衍。自从人类进入农耕时代，面朝黄土背朝天几乎成了农人一生的主旋律，而人类的生存与发展离不开米粮。曼乔咖啡创始人张亮说：“不论你是谁，只要你还吃饭，就应该尊重农民。”

考古发掘的种种迹象，反映出早在 4000 多年前石峁王国的生产生活水平，他们比现代城市人更加熟悉日月星辰的变化与地上万物的关系。靠天吃饭的他们，深谙时候的道理。正如那些目不识丁的老农都明白“庄稼人过日子得看时候”。史料记载二十四节气定型于西汉，事实上在农耕社会，人们早已意识到“风雨不节则饥”。农时农事需要精准地把握气候

○ 芒种时节正是石峁谷糜类作物播种的时候，石峁俗言："芒种不种，再种无用。"

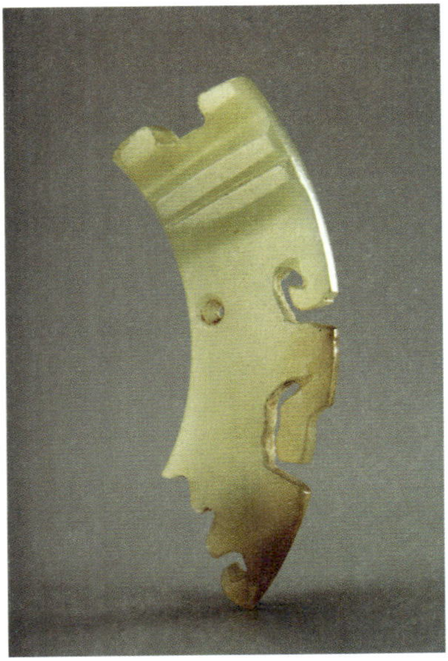

○ 玉饰

变化，所以“节令”的变化早已伴随农业的产生发展成为人们的潜意识。

荒野之中草木繁盛，各种小动物自由出入，那生机勃勃的模样，似乎从来就与人无关。猛地一看，没有植被覆盖的遗址，光秃秃地矗立在山头，显得那么突兀与格格不入。正是这种突兀让荒野之中的草木更显郁勃，让人们的视觉不再是千篇一律的颜色。也正是这种突兀，不自觉地让人们陷入思考与想象，在人们眼中，除遗址本体，整座山峁都变成一座深藏秘密的花园。考古发掘之后，更是有无数人前来这座秘密花园一看究竟。

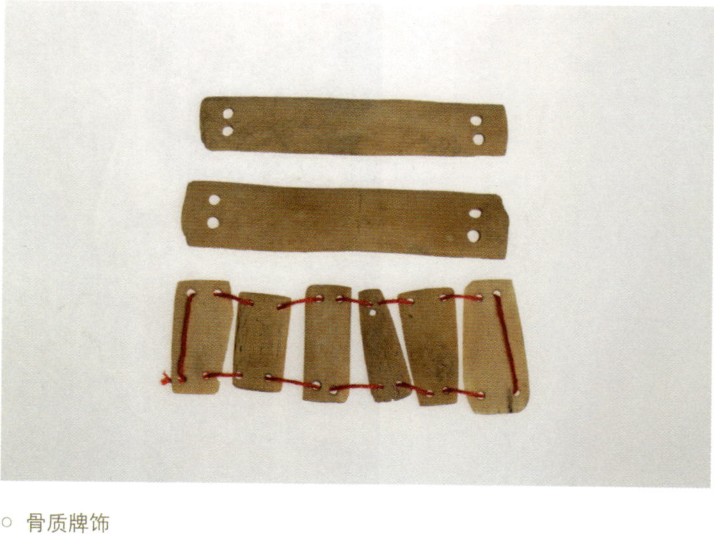

○ 骨质牌饰

考古证明，早在 4000 多年前，在这个山峁上曾居住着一个智慧的族群。通过系统的调查和考古发掘，得知这是一座气势宏大依山势而建的石砌城址，由皇城台、内城、外城三座基本完整并相对独立的石砌城址组成，总面积保守估计已超过了 400 万平方米。城内密集分布着大量宫殿建筑、房址、墓葬和手工业作坊等龙山文化晚期至夏代早期遗迹，先后出土了大量的玉器、陶器、骨器、石雕石刻和彩绘壁画等珍贵文物。截至目前，这是整个中华大地乃至世界已发现的最大的史前城址，被一些专家誉为“华夏第一城”。用考古学家的话说，这座城池开启了中国古代都城建筑格局的先河。

自 1928 年天津《大公报》首次刊登“石峁遗址”的有关发现报道以来，已有近百年历史。近百年来，特别是自 2011 年系统考古发掘后，石峁遗址从一个遗落于高天厚土的小村落渐渐苏醒，成为举世瞩目的大遗址。千年守望、百年约定，十年来，持续被誉为“石破天惊”的考古发现，先后三次入选中国社会科学院考古学论坛“中国六大考古新发现”，两次入选国家文物局“全国十大考古新发现”，并被“世界考古 · 上海论坛”评为“世界重大田野考古发现”，被确立为“中国华侨国际文化交流基地”，与良渚、陶寺和二里头遗址一起构成五千年中华文明的重要实证，相关内容编入国家中小学教科书，入选“国家名片”首组《亚洲文明》特

○ 远处是石峁遗址外城东门址，而头顶的蓝天白云是石峁遗址一年四季不变的颜色，除却阴天。

种邮票，石峁遗址正以丰富的文化内涵和独特的历史意义，倾诉着灿烂辉煌的中华文明。特别是 2020 年 12 月，石峁遗址荣列美洲考古学会（AIA）2011—2020 世界十年十大考古发现，这是石峁遗址继 2013 年入选世界年度十大田野考古发现后，再次获评世界性考古奖项，标志着石峁遗址正不断受到越来越多海外考古界的关注和认可，也说明石峁遗址早已进入了国际视野。

在这些荣誉的背后，除了一线工作者的辛劳，更多的却是疑问，如此庞大恢宏的城址在历史上就没有一点点的记载吗？石峁王国的主人是谁？他们防御的又是谁？那精美的玉器又是如何制作而成的？……

石峁遗址的发现，可谓石破天惊，让众多专家和学者深入探究并展开激烈的讨论。一知名先秦史专家认为石峁可能是黄帝部族的居邑，他的说法振聋发聩，有的赞同，有的反对。他说黄帝活动在石峁所在的黄土高原有史明言，那就是《史记》《汉书》关于黄帝的陵墓在距石峁不远的陕北子长一带的记载。《史记·五帝本纪》称“黄帝崩，葬桥山”，《史记索引》引《地理志》说“乔山在上郡阳周县”，上郡阳周县下确实记有“乔山在南，有黄帝冢”的字样。据最新考证，阳周在今榆林靖边一带。此外，《汉书·地理志》上郡肤施县下还记载其地“有黄帝祠四所”，肤施即今陕西榆林，与石峁所在的高家堡紧紧相邻。除去这些典籍记载，榆林民间也有关于黄帝的传说。通过对一些史料的分析可知，黄帝的后裔白狄、周人也在陕北地区活动。

第三次全国文物普查资料表明，在石峁周边发现的与其同时期的遗址数以千计，超过 100 万平方米的仅有石峁一处，其余的规模较小，不足以与石峁匹敌。从石峁遗址的规模和出土的文物可知，这里不仅权力集中，财富也在此聚集。难道说是为了保护已经拥有的巨大财富，害怕周边部族觊觎，完全是出于防御而修建的吗？从考古发掘的情况来看，石峁古人投入了巨大的人力物力来修建城墙，在修建时不惜使用极为贵重的玉器和少女的头颅，这似乎也从侧面说明防守的高度重要性。

相传，4000 多年前，与陕西北部相邻的是善于骑射且强悍的荤粥（历史上也称獯鬻、鬼方），他们经常南下侵扰，抢夺财富，后来被黄帝驱逐。《史记 · 五帝本纪》载，黄帝“东至于海，登丸山，及岱宗……北逐荤粥”。有专家猜测，因黄帝善用干戈，常年在外四处征战，荤粥在黄帝外出征战之际时常扰之。为了防御强悍的荤粥，于是黄帝部族联盟修建了高大坚固的石峁城以防其进犯。

这些均属于后人的猜测，事实究竟如何，人们不得而知。相信随着考古人员对石峁遗址的进一步发掘，石峁古人会以他独特的方式给出答案。

4000年前的这里究竟发生了什么？石峁真的消失了吗？那残破的城墙真的能代表消亡吗？或许未必！人的身体蕴含着各种遗传基因，同样，一个国家的文化基因蕴藏于历史当中。从我们日常的衣食住行，到我们的精神信仰，时时处处都显示着传承的印痕。倒塌下的只是大殿高墙，谁能肯定在当今这个世上，在某个人的身上没有残留石峁古人的基因或者别的什么传承？石峁古人住在窑洞里，今天的很多石峁村民依旧住在窑洞里，就连砌墙的方式都一样，同样4000多年前石峁山种植着谷子，今天的石峁依旧谷子遍野。人会死亡，那文明会死亡吗？中华大地上经历了一次又一次改朝换代，文明却从未中断。罗马帝国消失了，希腊城邦不见了，巴比伦的空中花园变成了传说，难道说这些地方的文明就消亡了吗？并没有。那逝去的只是一个外壳，就像是秦汉大帝

国的灭亡一样。老子死了，孔子死了，荷马死了，柏拉图也一样死了，可《老子》《论语》《荷马史诗》《理想国》却超越了时代，直到今天依旧位列畅销书榜，惠及的人群远多于他们生活的那个时代。

正如人们沿用至今的二十四节气，历时千载，依旧焕发着生命力。从历史上看，二十四节气早已跨出国门，影响了亚洲的一些国家地区，如朝鲜半岛、日本、东南亚等国家，直到今天还在使用。中国古人讲“天道自然”，其本质就是跟随天地四时生产生活。遵循自然节律是人类最早的科学行为，二十四节气是科学的、智慧的。这也是二十四节气能够延续几千载的根本所在。

日北至，日长之至，日影短至，故曰夏至。至者，极也。

太阳位于黄经 90°，公历 6 月 21—22 日交节。

三候：鹿角解，蝉始鸣，半夏生。

夏至

夏至时节的石峁，不论是梁峁还是沟壑都被绿色一统。高天流云，清风徐徐，但并不炎热。入夜之后，群星聚集，宛若镶嵌在天际的宝石，散发出璀璨的光芒。

夏至是一年当中，太阳最偏北的一天，是太阳北行的极致，是北半球日照时间最长的一天，这天过后，太阳直射点南移，北半球白昼开始逐日缩短。对于北回归线以北的地区，夏至日过后，正午太阳的高度也开始逐日降低。“日北至，日长之至，日影短至，故曰夏至。至者，极也。”

夏至是一个古老的节气，相传，在上古时期就已经存在。这些年来天文考古得到长足的发展，各种佐证证明这个时节早已有之。

早在 200 多年前就有人注意到，英国著名的巨石阵的主轴线，指向夏至时日出的方位，其中有两块石头的连线指向冬至时日落的方向。于是，人们猜测，巨石阵是远古人类为观测天象而建造的。在 20 世纪 60 年代初，在巨石阵中又找到了春分日和秋分日的日出方位。与此同时，天文学家霍金斯使用电子计算机对巨石阵中石头构成的各种指向进行了分析计算，又找出许多新的指示日、月出没方位的指向线。他甚至认为巨石阵能预报日食与月食，当然这一点人们持保留态度。继英国之后，欧美许多国家的天文学家纷纷致力于寻找古代遗址中类似的天文指向线。美国印第安人的“魔轮”、埃及的阿蒙拉神庙、中美洲玛雅人的遗址等等，都有人进行研究并认为其有天文学含义。

在中国也有许多古代遗址中发现类似于观象台的存在，其中最为著名的就是山西陶寺遗址的古观象台。其由 13 根夯土柱组成，呈半圆形，半径 10.5 米，弧长 19.5 米，通过土柱狭缝观测日出方位。考古队员在遗址原址上复制模型进行模拟实测，发现第二个狭缝对应着冬至日出的方位，第十二个狭缝对应着夏至日出的方位，第七个狭缝对应着春、秋分的日出方向。浙江良渚遗址的瑶山祭坛，在每年的“两分”“两至”时，太阳都会在祭坛固定的方位升落。专家称瑶山祭坛有着“观象台”的功能，同时，也是良渚先民掌握“观象纪

○ 夏至日，太阳不偏不斜正好正对着东门的门道升起。

年”的证据。

其实，不论中外，古人读的第一本书就是“天书”，从昼夜交替到星辰变化，从星辰变化到万物生长，他们通过观测天象来了解天道自然运行的规律。正如《周易》中所说：“仰以观于天文，俯以察于地理，是故知幽明之故。”

在民间有“夏至一阴生”的说法，严格讲，节气反映的是季节、物候、天气变化的规律，而阴阳五行属于干支范畴。阴阳消长，是以干支为推算依据。夏至在中夏之位，即午位，午属阳，夏至日阳盛无疑。但人们都知道夏至并非最热的时候，而真正的暑热天气在之后的小暑、大暑、立秋时节。

夏至，对石峁而言，也是一个极为特殊的日子。根据天文考古学专家吕宇斐先生的研究，依据现代天文学的计算公式和星象复原方法，石峁城址外城东门的门道和墩台东北侧外立面均精确地朝向 4300 年前的日出方位角。由此看来，石峁城址的设计者已经能够精准地计算出夏至日期和夏至日出的方位角度。由此推测，石峁统治阶层在营建东门之前可能已经有能力制定石峁人所需的早期历法，其中“二分二至”的日期及其对应标志星座、各日出方位角可能已基本测定，否则不可能出现如东门这样的建筑。他们选择的不是墩台的四角朝向那个时代的夏至日出或日落的方位角，而是选择了门道城门外立面朝向那个时代的夏至日出方位角，让夏至的朝阳直射门道并照亮内瓮城墙面上的几何纹壁画。

那么，石峁人为何如此重视夏至日呢？为何要以整座城门朝向夏至的日出方位角呢？《周髀》云：“冬至夏至者，日道发、敛之所生也，至昼夜长短之所极。”石峁古人似乎早已掌握日干测影的方式，他们知道夏至日是一年中白昼最长、黑夜最短的日子。我们知道，日照与农业生产息息相关，尤其是石峁盛产的谷黍类旱作农业。除此之外，这和石峁古人日趋成熟的宇宙观和信仰体系密切相关。除了朝向，在外城东门还发现多处头骨祭祀坑，并有灼烧的痕迹。在甲骨文卜辞中，有“燎牲以祭”的记载，燎祭是最高等级的一种祭天行为，是远古时期东亚地区推行的一种重要祭祀礼制，通过烟、气、味向上天世界传达人间敬意，以求得风调雨顺、五谷丰登、人畜兴旺。5000 年前至 4000 年前间，燎祭更为普遍，浙江的良渚遗址中也有多处发现。夏商以后，河南偃师二里头、郑州商城、四川广汉三星堆等遗址的燎祭之风更甚。

中国有句老话“万物生长靠太阳”，人们深知太阳的重要性。在世界各地均有太阳崇拜，而石峁古人把整座城门朝向夏至日出的行为，其实是太阳崇拜的一种方式，隐藏着石峁古人对“太阳神”的敬畏与虔诚。

遥想 4000 多年前的石峁人站在这高台之上，在他们的眼中是怎样的一幅图景？他们的心境又如何？在黑夜中，他

○ 夏至时节的石峁，高天流云，清风徐徐。

们手拿璇玑反复地在夜间仰望，终于在某一天他们知道了关于日月星辰的秘密。

大自然每天都在上演着神奇的戏码，若不细心观察，人们总以为在日复一日重复着光景。除却阴天，人们看到太阳日日升起，总说它是东升西落，但事实却是，伴随着地球的自转与公转，太阳的角度每天都在发生着改变。人们平日里“日出”与“日落”的叫法，潜藏着古人对这个世界认知的客观局限。虽然哥白尼早在 400 多年以前就在科学上破除了地心说，今日的人们也知道是地球围绕着太阳在转动。或许大家都知道“日出”“日落”的叫法并不科学，这样的叫法也仅仅只是一种习惯。但不可否认的是在这当中，人们还是以地球为中心来看待太阳的运动。之前，著名的太空探测器“旅行者号”，从遥远的太空中拍摄了一张地球的照片，从照片里看，地球就像是一粒蓝色的灰尘飘浮在宇宙中。当时对这张照片有不少评论，他们普遍感觉糟糕极了，因为这张照片让人觉得地球的渺小和人类的微不足道。美国著名天文学家卡尔·萨根的《暗淡蓝点》，书名就源自这张照片。他在书中不客气地指出地球在宇宙当中的地位，他认为，在人类文明的初期，“人类中心主义”符合人们日常生活的直觉，后来，神学把这种想法融入教义里，“人类特殊论”成为一种至高无上的思想。但是科学的发展却一次次证明，我们人类并不特殊。萨根说，有些人讨厌科学的一大原因，就是因为科学破除了迷信，让人们感到心灰意冷。但现实摆在我们面前，我们怎么能够视而不见！承认我们的渺小又何妨？

那个巨大的火球的体积相当于地球的130万倍，它们之间的距离也十分遥远，但它却是我们地球生命赖以生存的根本。仔细想想大小如此悬殊、距离如此遥远的两颗星球，却有着生死的联结。在人们日常的生活当中，同样看似不相干的人、事或物，细究之下，也有盘根错节的牵连。大宇宙与小宇宙，大事件与小事件，大人物与小人物，这些看似差异巨大的事物之中，却存在着相同的逻辑。很多人质疑人类对于太空探索的意义，其实正如萨根所言，探索太空并不是为了了解太空，而是为了更好地了解地球。现在我们所熟知的臭氧空洞、温室效应、核冬天，都是20世纪人类在太空探索中被发现的。

正如我们研究中国历史，只有放在世界史坐标系中才算科学。如果说地球是一个小的整体，那么，宇宙就是一个大的整体，我们要想全方位了解我们居住的这颗星球，就必须站在更高的维度，这样我们才能明确自己所处的位置。

对于石峁的研究也应该这样，跳出石峁看石峁，那些未解的谜题，会不会给我们不一样的启示呢？

夏至时节的石峁，不论是梁峁还是沟壑都被绿色一统。

○ 内城城墙上的景观

○ 夏季傍晚的石峁山

高天流云，清风徐徐，但并不炎热。每当入夜之后，群星聚集，宛若镶嵌在天际的宝石，散发出璀璨的光芒。零星居住的人们，在繁忙了一天之后，早已沉沉地睡去。此时，除了轻鸣的虫声，整座山峁似乎被施了魔法，定格成一派荒芜，也似乎早已没有了人烟，把一切还给了自然。

小，微也，是月极热，月初犹小，故谓之小暑。

太阳位于黄经 105°，公历 7 月 6—8 日交节。

三候：温风至，蟋蟀居宇，鹰始鸷。

小暑

小暑时节，很多地方已经入伏，可石峁的清晨和日暮依旧清凉。即便是在正午时刻，只要找一处阴凉，便毫无燥热感。

小暑，斗指辛，太阳到达黄经105°，天气开始炎热，进入了盛夏时节。《月令七十二候集解》:“夏至后十五日……六月节。暑，热也，就热之中，分为大小，月初为小，月中为大。今则热气犹小也。”的确，虽已盛夏，热未至极。

古人将一年之中最热的天气称之为暑，《释名》:“暑，煮也，热如煮物也。”中国的汉字作为一种象形文字，造字初始总是直观地表达其意思。民谚“大暑小暑，上蒸下煮”，这句谚语将暑字的含义表现得恰到好处，也将这个节气的特征表达得淋漓尽致。有人说暑不就是特别的热吗？那古人为什么不用“大热”“小热”呢？从这两个字的使用，便可看出古人在使用汉字时的审慎，更加体现出中国汉字的博大精深。直观从字体亦可看出，热代表着温度，从火，是自下而上的一种过程，既可人为也可源于自然。而暑，头顶日，代表着不可抗力的自然之力，是为天成。一个暑字即可看出古人对于时令变化的极致观察，同时也体现出古人对于自然的认知与敬畏。

小暑时节，很多地方已经入伏，可石峁的清晨和日暮依旧清凉。那是一种沁人心脾的清凉，就如同一个人在烈日下行走了很久，突然来到一处清风徐徐的山涧，让人感到爽快和敞亮，整个人瞬间变得轻松和愉悦。即便是在正午时刻，只要找一处阴凉，便毫无燥热感。

近来雨水较多，湿气陡增，清晨时遗址内的木栈道，总是冰凉而湿滑。栈道两侧的草丛被滋养得散发着绿光，雨水的浸润使泥土的气息盖过了往日地椒草的清香。栅栏外的一

株向日葵，耸立于一片绿色之中。这株向日葵不像以往见到的那样，枝干上一共长了七头向日葵花，顶部四头，花开得正艳，下面三头正含苞待放，在靠近底部枝干处仅有稀疏的几片叶子。万绿之中，它是那么与众不同，略显高傲与孤独，株头上那抹黄散发出格外耀眼的光芒。这株向日葵花头众多，养分过于分散，即使如今花开得艳，未必就能结出果实。农人早在几千年前就发现了这个规律，所以他们不会让地里的庄稼长得过于稠密，会将树木上的旁枝末节剪掉，保证养分的充足。农人的这种选择潜藏着物种生存的残酷与代价，如同生与死。在遗址外瓮城的墙体上和网格栅栏上落着好多麻雀，远远看去，它们像一支部队，有序地排成一列。只要有轻微的响动，它们便群起而飞，真是一群机警的小家伙。遗址门道内，覆盖于 2 号头骨坑的雨布集满了雨水，与绿色的雨布交相辉映，宛若一座微型池塘。

大雨过后，天空好似被洗过，蓝得不能再蓝，整个世界都变得通透而清亮。这样的时刻，站立于山巅的开阔胜于平日，隐约可见远处秃尾河上泛着明亮的光芒，纵横的梁峁沟壑界限清晰，山的那边明代的烽火台一座接连一座，直到目力所不能及。对面的山坡上，有农人在劳作，他们弯腰弓背的姿势，正是千年以来人们对中国农民“面对黄土背朝天”的极致描写。

农人们踩着节气变化的节拍，劳作生活。他们对于天气变化的敏感，源于对土地的情感，因为土地是他们的安身立命之本。很多时候，人们会用“乡巴佬儿”“土老帽儿”之类的词语嘲讽乡下人，觉得他们浑身土气。费孝通先生在《乡土中国》中讲到，我们认为乡下人的土气，恰恰是他们依靠土地生存最好的证明。土地使他们得以解决温饱，养家糊口，缴纳皇粮国税。从最开始的一小块土地，伴随着一代又一代的人口繁衍，不断地开垦，扩大种植面积，以养育更多的人。这也是石峁古人的模式。据考古专家讲，在石峁时代晚期这里已经有土地沙化的迹象。古人对于自然环境的依赖远高于现代人，正如书中前面提到石峁古城衰落的原因，土地原因是根本，这也是笔者一直以来的观点。不论中外，在最古老的创世神话中，都有“大地之母”的形象。中国古代以地为坤卦之象，有母德，何为母德？孕育万物也。

石峁人总说:“入了伏，手不离锄。”此时，正是万物生长最为繁盛的时节，不论是庄稼，还是杂草。为了保证庄稼长得好，农人们要及时清除杂草。所以，这个时节，不论何时，总能在田间看到他们抡起锄头挥汗如雨的模样。有时候，甚至让人怀疑他们在披星戴月地劳作。

在石峁遗址外城城墙上叠压着一座始建于明代的庙宇，是为龙王庙。在中国古代神话传说中，龙王统领水族，掌管兴云降雨，消灾降福，象征祥瑞，所以中国各地以舞龙的方式，祈求平安和丰收。陕北地处干旱半干旱地带，这样的庙宇在当地随处可见，可谓村村都有。一方水土养一方人，同样，一方水土也供奉着一方神，正如南有妈祖，北有龙王。神因人的需求而存在，满足着人们的祈愿。从农历四月初八至六月底，陕北山头上那一座座龙王庙都有属于自己的“纪念日”。中国北方的很多地方，都有“六月六，祭龙王”的传统。石峁古城墙上的这座龙王庙，在农历六月六这天，村民聚集搭台唱戏，祈求风调雨顺，五谷丰登。

龙字在商代的甲骨文中就有记录，先秦文献《左传》中也有记载。除了文献，在考古中也有关于早期龙形象的重大

○ 2号头骨坑

○ 未发掘的内城城墙局部

发现，如红山遗址的C形龙和玉猪龙、凌家滩遗址的C形玉龙、陶寺遗址的红彩蟠龙纹、二里头遗址的绿松石龙形器等。在石峁遗址出土的众多石雕当中，蛇类雕刻最多。也有类似于龙形的雕刻，其中一块与二里头的绿松石龙极为相似。在古代，龙是九五之尊，是帝王的象征。民间关于黄帝与龙的传说颇多，在《史记·天官书》中也有关于“轩辕，黄龙体”这样的记载。在石峁遗址发掘初期，就有学者认为这里有可能是黄帝部族的居邑，尤其是类似于龙形器的出土，更加剧了这种说法。

大量的史料表明，蛇与鳄鱼是龙的原型。而就在石峁遗址，考古人员发现了扬子鳄的骨板，这一发现引发了众多猜测。有人认为4000年前石峁所在的黄土高原，适于扬子鳄生活，也有人认为扬子鳄是作为一种贵重物品进贡而来，还有人认为是一种贸易行为。扬子鳄，古称鼍、猪婆龙、土龙等，是我国特有的珍贵爬行动物。历史文献记载，今河南、安徽、江苏、浙江、湖北、湖南等地在历史时期也有扬子鳄生活。历史地理学家文焕然的研究也表明，在今山东、河南、浙江、广东等地的考古遗址中均有扬子鳄遗骨。具体来讲，距今7000年至2500年前后，其主要分布在黄河中下游地区的北纬33°到37°一带。按这个纬度，黄河流经的陕西部分区域在4000年前是适于扬子鳄生活的。若更大胆地猜测，约

○ 神面石雕

○ 扬子鳄骨板

北纬 38° 的石峁在 4000 多年前是否也适宜扬子鳄生活呢？

陆玑疏：“〔鼍〕其皮坚，可以冒鼓也。”

相传，颛顼帝为人仁德、智慧，当时世，四方慕德而服，鸟兽尽皆感化。他自幼受叔父少昊的熏陶，特别爱好音乐，他令扬子鳄做音乐的倡导者。扬子鳄鸣声如鼓，背上披有坚厚的鳞甲，成天躺在池沼底部的洞穴内睡觉，对音乐向来生疏。但它接令后不敢怠慢，立刻翻转笨重的身躯仰卧，挥动粗大的尾巴敲打鼓凸的灰肚皮，发出的声音果然嘹亮。后世受到颛顼帝的影响，用扬子鳄的皮来蒙鼓，就叫鼍鼓。在山西的陶寺遗址考古发掘中出土了鼍鼓，鼍鼓逢逢，依我磬声。温庭筠《昆明治水战词》：“鼍鼓三声报天子，雕旗兽舰凌波起。”

龙是中华民族的图腾，但并不存在于现实世界，而是人们虚构的一种生物。龙崇拜有着十分悠久的历史，据说龙的

起源与传说中的伏羲氏有关，伏羲龙首蛇身，一直以来，蛇被认为是龙的原型。据考证，龙图腾的由来和原始部落不断的征战有关。大量的史料证明，古时的部族都有属于自己的图腾，这些图腾大多为某种动物，而龙正好综合了许多动物的特征，如蛇身、兽腿、鹰爪、马头、鱼尾、鹿角等。在漫长的历史中，部落之间不断地战争、融合，久而久之，各个部族的图腾也结合在了一起，最终形成了完整的龙图腾。正如中国人称自己为“龙的传人”，这句话中潜藏着各族融合的历史，也说明大一统是中华民族优秀的基因传承。纵观中华文明史，分分合合，但合始终占据主导。一次又一次从分到合，使得这个民族文化多元且兼容，最终形成了今天这个极具包容性的国度。今天的每一个中国人都享受着这种稳定所带来的历史红利。

大暑，乃炎热之极也。

太阳位于黄经 120°，公历 7 月 22—24 日交节。

三候：腐草为萤，土润溽暑，大雨时行。

大暑

石峁的乡亲们有自己独特的消暑方式，经常是清早煮一锅绿豆汤，去劳作时带上一罐当水喝。

大暑，是我国二十四节气中的第十二个节气，也是夏季的最后一个节气。太阳到达黄经 120°，这时正值中伏前后，是一年当中最热的节气。正如《通纬 · 孝经援神契》中所讲：“小暑后十五日斗指未为大暑，六月中。大小者，就极热之中，分为大小，初后为小，望后为大也。”一个暑字已经让人深感热气腾腾，暑前加大，硬生生地平添了几分焦灼之感。

在这个湿热交蒸达到顶点的时节，大暑之热石峁也不例外。但是，如果在大暑时节有持续降雨的情况发生，石峁依旧较为凉快，不同于有些地方，此时的降雨会加剧闷热感。这和石峁所处的地域有关，开阔的黄土高地，四季吹风，相对降水较少，土地渗水能力较强。近年来，整个北方降水明显增多，秃尾河流域进入了一个丰水期，尤其是大暑时节降雨量大幅增多。

当然，石峁也有持续高温的年份，以下是笔者 2017 年大暑时节的记录：

> 2017 年大暑的第二天，对神木人民而言，这是一个值得纪念的日子，这一天神木撤县设市正式挂牌，我们石峁遗址管理处也经历了这一历史性时刻。挂牌这天大家早早起床，把准备好的牌匾、鞭炮等物品就位，大家准备合影留念。近日来的持续高温是我在石峁这几年来前所未见的，由于天气炎热，未等拍照，衣服已经和身体密不可分了，真是应了那句老话，“大暑前后，衣裳湿透”。

《管子》云：“大暑至，万物荣华。”这其中暗含着生命的智慧。造物主为万物生长规划好了路径，此时，对于人而言是酷暑难耐，但对于万物的成长却极为有利。可谓三伏不热，五谷不结。这好比得失，人们承受了炎炎烈日下劳作的辛苦，换取的是一种富足，所谓万物荣华，是人与自然合力的收获，更是人类适应自然的恩赐。石峁古人深谙其理。

大量史料证明，4000多年前石峁的气温、降雨均高于现今，那么，他们是通过何种方式消暑降温的呢？早在3000年前的商代已经有了冷饮，到了周代已经有了掌管藏冰之事的凌人。《诗经》中的一些生产生活记录，为我们提供了线索，“凿冰冲冲”即隆冬时节储冰于窖，待到盛夏取来用之。《周礼》记载:“祭祀，共冰鉴；宾客，共冰；大丧，共夷冰盘。”自周代以来，朝廷有夏日赐冰于众臣的福利，根据官阶高低，所获取的数量也不同。唐朝开始有了专业的冰商，但普通人依旧消受不起。《云仙杂记》:“长安冰雪，至夏日则价等金璧。”《开元天宝遗事》记载:“杨氏子弟，每到三伏天，就以大冰使匠琢为山，周围于宴席间。座客虽酒酣而各有寒色，亦有挟纩者，其骄贵如此。”直至今天以冰消暑依然备受人们的喜爱。如今人们降温的方式颇多，我们常见的有空调、风扇、各种冷饮。但石峁的乡亲们有自己独特的消暑方式，经常是清早煮一锅绿豆汤，去劳作时带上一罐当水喝。当然，绿豆也是石峁家家户户普遍种植的农作物，并且品相极好，与石峁小米一样享有盛名。

近年来，根据考古发掘的情况，基本可以确定，石峁已经迈入文明的门槛，进入早期国家形态。中国考古学家苏

◎ 遗址外城区域纵横的沟壑

秉琦先生根据文明程度把中国国家起源划分为三个阶段，即“古国—方国—帝国”，根据这一理论及石峁的自身特征，可推测出石峁是一个比较成熟、比较发达、比较高级的古国。从石峁城址的工程体量来看，居住在石峁古城里的人并没有能力修建这座王城，而是动用了大量周边部族的力量。能够动用周边力量，所反映的是一种集权下的秩序，古有“筑城以卫君”的说法，由此不难看出石峁古城在当时这个区域的统治地位。随着生产力的发展，国家成为人类社会发展的必然，是人类文明进程中的重要标准。石峁发掘的种种迹象表明，石峁王国已具备国家雏形。

国家是阶级矛盾不可调和的产物。那么，石峁王国又有哪些社会阶层呢？如果把石峁王国的阶层比作金字塔，那么王族就是塔尖上的群体。这个群体以家族为单位，数量极少。他们不用从事任何生产活动，高高在上，坐拥天下。他们是

整个石峁王国的权力操控者，他们不仅掌管着物质财富，还控制着人们的思想，是整个社会秩序的制定者。在和平时期，他们主要督促老百姓从事农业生产、修城筑墙，促进手工业发展，收取进贡物品等，从而满足他们日常所需的奢侈生活。在战争时期，他们是战斗力的组织者，是军事首领。

《左传》云:“国之大事，在祀与戎。”这句话表明在古代国家，祭祀与战争是一个国家最重要的事情。《史记·五帝本纪》讲:“万国和，而鬼神山川封禅与为多焉。”从黄帝开始，历朝历代的统治者对祭祀都十分重视，祭祀关乎国运与国家的兴旺发达。在萨满式文明的石峁时期，人们相信世间的一切皆由神灵掌管，那么神巫人员就是沟通天地、沟通鬼神的媒介，是神化了的人物。他们掌握着知识宝库的钥匙，为统治阶层服务，拥有极高的社会地位，或者他们本身就是统治阶层。

贵族阶层虽然是一个少数群体，但他们却占有大量的社会财富，属于金字塔仅次于王族的群体。他们是王族下属各个领域的头目，如军事主管、农业主管、各个不同等级聚落的首领等。他们协助统治者管理国家事务，维护社会秩序，他们是统治者决策的有力执行者。在和平时期，他们监督所管辖区域人们的生产生活。战争时期，他们协助统治者带兵打仗或管理后勤事务。

平民阶层在金字塔的下端，是整个社会数量最为庞大的一个群体，也是社会财富的主要创造者。他们用自己的双手，用一块块石头，建造起气势宏伟的宫殿、高大坚固的城墙，他们雕刻打磨了精美的玉器、种植了维系石峁古人生命的粮食，拱卫了石峁王国的安全。

奴隶在整个金字塔的最底层，他们没有人身自由，吃不饱也穿不暖，他们干着最脏最累的活。在和平时期，除了日常的生产劳动，如果他们的主人离世，他们还将为其殉葬。战争时期，他们是战争前线的人体肉盾。在那个等级森严的社会，奴隶的生活极为悲惨。

“平生三伏时，道路无行车。闭门避暑卧，出入不相过。”现实中不是所有人都能享受“闭门避暑卧”，不论古今中外。入了伏，手不离锄，此时正值农忙。当然，除了农人不违农时，还有好多人受工时、工种制约，同样不能闭门避暑。估计石峁古人也不例外，他们大量种植的谷黍类作物，此时需要将地中的杂草清除，避免吸收作物的养分。当然，石峁的统治阶层是可以“闭门避暑卧”的。

此时，石峁遗址外城东门正在施工当中，工人们用铁皮板将遗址四周遮挡得严严实实，为遗址本体也做了严密的防护，这是在为下一步施工所做的前期准备。在不久的将来，人们会看到在这座大山上，一座硕大的钢架结构大棚将外城东门完全包裹起来。那刺眼的铁皮板横亘在茵茵草地与遗址之间，像是从天而降的入侵者，与周遭环境格格不入。那么在这荒野之中盖个大棚盖，与自然环境不相协调，或许也是突兀的吧，至于美感那就见仁见智了。当然，这一切都是出于保护的目的，因为大家都不愿意看到这座 4000 多年的城

门毁于风霜雨雪之中。可是，细想，人类历经了百万年之久，遗存遍地，是不是每处遗存都有保存的必要？

人类的脚步总是遍及能够到达的每一个角落，尤其是在现代化的建设中，与古代遗迹矛盾不断，到底谁该让步？当然，将人类的瑰宝、祖宗的遗存有选择地保留，不失为一种最佳选择。只是保护的方式有待商榷，尤其是一些大遗址，如果给埃及的金字塔、英国的巨石阵、秘鲁的马丘比丘盖个大棚子会是什么情形？滑稽？壮观？无法想象。笔者认为对于大遗址，主要是那些石头类型的，以本体加固的方式，尽我们所能地去保护，让它们自然而然地存在于自然之中和世人眼中。然后随着时间的流逝、风霜雨雪的侵蚀，慢慢消逝。当然，这个消逝的过程绝对是漫长的。这也符合客观规律。

若石峁古人泉下有知，他们对我们今天的这种行为会做何感想？

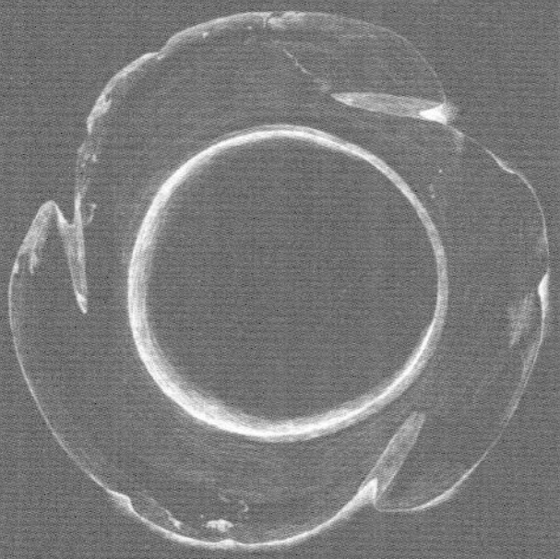

秋

AUTUMN

斗指西南维为立秋，阴意出地始杀万物，按秋训示，谷熟也。

太阳位于黄经 135°，公历 8 月 7—9 日交节。

三候：凉风至，白露生，寒蝉鸣。

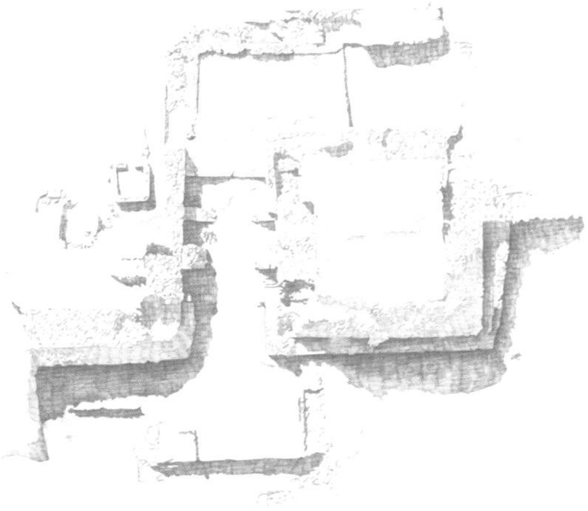

立秋

石峁的春夏总是来得晚一些，但秋冬却从不迟到。“立秋之日凉风至”，此时的石峁，昼夜温差已不在一个数量级，日间拥有夏的温度，夜间拥有秋的凉爽。

中国传统的四季是根据天象变化来划分，以二十四节气中的“四立”为四季的起点，所谓斗转星移，季节更迭。立秋是秋季的起点，直至立冬结束，这是天体运行的结果。进入秋季，意味着降雨、温度、风暴等趋于下降或减少，至此，万物开始从繁盛成长趋于萧索成熟。当然，立秋处于四季更迭的又一个转折点，盛夏余热未消，秋阳开始肆虐。所谓“热在三伏”，按照“三伏”的推算方法，立秋之后至少还有“一伏”的酷热天气。所以，立秋并不是秋本身，更像是夏秋交接的使者，一面为夏践行，一面迎接秋的来临。

石峁的春夏总是来得晚一些，但秋冬却从不迟到。“立秋之日凉风至”，此时的石峁，昼夜温差已不在一个数量级，日间拥有夏的温度，夜间拥有秋的凉爽。清晨时总有薄薄的雾气飘浮于天际，平日里清晰可见的烽火台，都像是隔了一层薄如蝉翼的面纱。夜幕降临时凉风习习，虽然星空中满是王公贵族，但月色清朗星暗淡。

早在周代，立秋日，周天子亲率三公九卿诸侯大夫，以迎秋于西郊。“随分耕锄收地利，他时饱暖谢苍天。”立春祭祀祈求五谷之生，立秋祭祀报五谷之熟。如此看来，立秋祭祀则是心怀回馈之情的一种还愿仪式。到了汉代，立秋之时，天子要郊外狩猎，并用猎物祭祀宗庙，同时还有扬武之意。稍有常识的人都知道，古代战争多发生在秋季，因为秋季物资充足，即使深入敌国也能征得战略物资。历史时期，我国北方游牧民族有猎秋和打秋风的说法，说白了就是秋季是他们骑兵南下掠夺的好时候。若回溯历史，用倒推的方式，是否可以推测出石峁时期的战争也发生在秋季呢？他们是否也曾有过被“打秋风”的遭遇？那完善的防御体系是否也与被“猎秋”有关系？（石峁特殊的地理区位：石峁位于400毫米等降水量线，位于历史时期的长城防线上。）

在2012年的一个春日，石峁遗址开始正式发掘，鉴于

○ 遗址区立秋时的清晨，云雾缭绕。

遗址面积过大，最终基于以下三点原因，率先发掘石峁遗址外城东门。一是外城东门址是整个城址的制高点，这里视野开阔，目力所及，城址的大部分区域尽收眼底。二是历年来，这里盗掘最为严重，随处可见的盗洞，说明这里一定出土过祖先遗留的宝物。三是根据石峁村民杭玉生的描述，当年他曾在这里发掘出 24 件玉器，且摆放极有规律，大概每隔一米摆放一件，其他村民也在这里发现了数量不等的玉器和石器。

在东门址的发掘过程中，惊喜不断，收获颇丰。不仅发现了传说中的玉器，还在坍塌的墙体里发现了数量庞大的壁画和多处祭祀头骨坑，以及房址、灰坑等遗存。尤其是整个东门呈现出一套完善的城防体系，布局讲究合理，气势恢宏壮观。一个 Z 字形的门道将内外瓮城连接起来，门道两侧有两两相对的四个门塾（士兵站岗的位置）。门道内侧是两座相对独立的高大墩台，内部由夯土夯实，外部用石头包砌，墙体拐角处的石头都是完美的 90° 。而北墩台不论是面积还是高度均超过南墩台，北墩台顶是石峁古城真正的制高点。

在墩台两侧的不远处还有角台、马面等城防设施。著名古建专家罗哲文先生主编的《中国城墙》一书中记载：“马面之名称，首见于《墨子》中……表明至少在战国时，其已被普遍用于城市防御了。我国现存最早的马面实物，见于甘肃夏河县的汉代边城八角城。”而石峁遗址的马面足足比八角城早了 2000 多年。不论是瓮城角台还是马面门塾，这些防御设施都是目前已发现的世界上最早的同类型设施的实物案例。由此不难看出，4000 多年前石峁这一区域武力战争频繁，政治格局复杂。大量的史料和考古发掘也表明，石峁时代天下邦国林立，彼此间干戈不断，这完备的防御体系的作用不言而喻。至于北方游牧民族“猎秋”的传统，也极有可能在那个时代就已经形成了。

东门址的发现不仅于此，在门道两侧的墙体上，还发现了在城建过程中为防止意外坍塌而横向插入墙体的“纴木”，这是中国古代城建技术的伟大创举。其实，发现之初，考古人员并不知道该如何称呼这些与钢筋作用相似的物品。经查阅典籍，在北宋的《营造法式》一书中有记载：“筑城时，城每高五尺，横用纴木一排。”一般认为汉代才开始在建筑上使用水平方向的木骨墙筋，现在看来早在 4000 多年前的石峁王国已经被普遍使用。石峁所在的神木市是世界上最大的煤炭生产地，这里的煤矿里一直沿用着这一古老技艺，只是换了一个名称，叫“锚杆”。此外，在东门址的墙体外侧，还有排除雨水、保护墙基免受侵蚀的散水处理设施。

在外城东门的设计上，除了实用性，石峁古人更是加入了他们独特的审美观念。比如在内瓮城的墙体上大量使用壁画，壁画的后面会专门解说。而“藏玉于墙”的现象，就目

○ 玉饰

前而言，这是石峁古人的专属现象。

在石峁周边，上至白发苍苍的老者，下至五尺之童，都知道石峁山上出玉，而这玉器是夹在石头墙里的。当然，很多人不相信这种说法，石峁出土的玉器大都是片状形，有些薄到一两毫米，拿起来会透光，如此薄的玉器夹在墙里不会被压碎吗？考古队刚到石峁时，也曾认为这只是坊间传闻，可就在东门发掘之初，考古队发现了 6 件完整的玉器，而发现玉器的地点正是老百姓传说中的石头墙里。在我国，属于玉器时代的考古学文化区域从北到南分布较广，除了石峁，还有红山文化、陶寺文化、大汶口—龙山文化、石家河文化、薛家岗文化、良渚文化、石峡文化，以及台湾的圆山文化和卑南文化等区域。但这些区域的古玉大多在墓葬、房址、灰坑、祭祀坑或祭坛等处发现。石峁人为什么要把玉器放置于墙体之中呢？它到底有着怎样神秘的内涵？

中国的一些古文献中一再提到玉门、瑶台之类与神话相关的建筑，从字面上不难看出这类建筑物的材料与玉石有关。然而在儒家“不语怪力乱神”的道德禁忌下，几千年来没有人把玉门瑶台这类建筑当作现实的存在，而只是当作神话传说中的仙界之物。

《竹书纪年》云:“桀倾宫，饰瑶台，作琼室，立玉门。”

玉门瑶台的印象深入人心，但以往的研究者很难弄清夏代玉质建筑到底是什么样的，古书中的记载成了难解的谜题。如今有了比夏代纪年还早的石峁古城作为实物证据，至少让人知道玉门瑶台不是神话传说，不是古人的凭空臆造。试想，完全使用玉石建造“玉门瑶台”，似乎不那么现实，史料中提到的“玉门瑶台”也不是完全使用玉石建造，而是在城建的过程中把玉器作为一种点缀，这里的玉石并不是作为建筑材料使用，而是作为辟邪御敌的一种精神屏障。

玉器是我国特有的一种物质文化形态，玉和玉器的观念贯穿中华古文明的全过程。大量的史料也表明中国自古就有玉石信仰的传统，甚至一些专家还认为中国最古老的宗教

○ 2017 年立秋，未建造大棚之前的外城东门遗址

是“玉教”。《越绝书》风胡子云：“轩辕、神农、赫胥之时，以石为兵……至黄帝时，以玉为兵……禹穴之时，以铜为兵……”这段话讲的是风胡子在石器时代与铜器时代之中加了玉器时代，为中国独有。汤姆森把人类发展史分为石器时代、青铜时代和铁器时代，他的划分依据是实用性工具与武器的结合。所以，受汤姆森的影响，很多人不赞同中国存在玉器时代这样的观点。汤姆森的分法不能代表全世界人类的发展史，这样的分法，至少在中国有失偏颇。所谓玉器时代，并不是把玉器当作物质形态的武器或生产工具，成组的玉礼器反映了玉、神、巫三位一体的思想。吴汝祚指出，玉器时代与石器时代以生产工具为生产力发展水平的标志不同，它和青铜时代相似，二者均以礼器作为生产力发展水平的标志，这种礼器是包括巫术活动在内的重大祭祀活动的专用器，它在生产力的许可下，充分发挥了人的主观能动性，成为最高级的器物。石峁正处于中华文明形成的初始阶段，玉器作为一种文明因素，不仅代表了当时的生产力发展水平，还反映出当时礼制和王权的结合，与人们的价值信仰体系。

石峁外城东门的发掘以它丰富的内涵，迅速以石破天惊之势进入人们的视野，而这座城门也被专家们誉为“华夏第一门”。

处，止也，暑气至此而止矣。

太阳位于黄经 150°，公历 8 月 22—24 日交节。

三候：鹰乃祭鸟，天地始肃，禾乃登。

处暑

相比于遗址本身，那湛蓝的天空和清新的空气、山头沟畔间挂满枝头的青枣、遗址周边盛开的格桑花，更具吸引力……

处暑是反映气候变化的一个节气，处暑当天，太阳直射点由夏至日北纬23° 26′，向南移至北纬11° 28′，太阳高度持续走低，热力明显减弱。处暑，虽然是秋天的第二个节气，正如《月令七十二候集解》所讲："立秋后十五日，斗柄指申，为处暑，七月中。处，止也，暑气至此而止矣。"这才是秋天的开始。所谓立秋不是秋，处暑始当秋。

处暑三候，一候鹰乃祭鸟，二候天地始肃，三候禾乃登。

《月令七十二候集解》："鹰乃祭鸟，鹰，

义禽也。秋令属金，五行为义，金气肃杀，鹰感其气始捕击诸鸟，然必先祭之，犹人饮食祭先代为之者也。不击有胎之禽，故谓之义。”每到秋季，为了庆祝丰收，人们猎取“豺兽”祭祀天神，这种祭天的风俗早在上古之时就已有之，直到今天，一些农村还保有这样的习俗。《白虎通号》记载：“古之人民皆食禽兽肉，至于神农，人民众多，禽兽不足，于是神农因天之时，分地之利，制耒耜，教民农作，神而化之，使民宜之，故谓之神农也。”处暑时节，人们要捕获动物祭祀神农，捕获祭祀的禽兽时，人们像鹰一样“不击有胎禽”。

在古代，人们认为不同的时节、不同的领域均有不同的神来主宰。当然，四季也各有神明主宰，主宰秋季的是白帝，传说中白帝既是掌管收获之神，又是掌管刑杀之神。早在先秦时代，就有孟秋七月祭祀的活动，除了迎接秋神白帝的降临，还要祭祀自己的祖先。

在石峁考古发掘的过程中，发现明显的献祭行为，即我们在前面夏至一节中提到的头骨坑。这些头骨坑位于外城东门址一带，一共有 6 处，其中外瓮城外和门道处的坑里均埋置 24 颗，另外 4 处位于北端石砌城墙的墙体基础之下，头骨埋藏数量不等，共计百余颗。虽然这些头骨坑里的头骨数量不等，但均以年轻女性居多，并有夯砸形成的裂痕，个别枕骨和下颌部位有烧灼的痕迹。付巧妹研究团队对石峁古代人

○ 皇城台东护墙局部

骨标本进行了实验和测序，基于线粒体DNA和核基因组的数据，就目前初步分析的结果是石峁人与甘青地区人口密切相关。目前，在遗址周边没有发现其躯干部分。

在新石器时代考古史上，用头盖骨奠基或者祭祀极为罕见，尤其在陕北地区这种情况是首次发现。如果说这是祭祀行为，那它有着怎样的内涵？这和石峁古人的世界观又有着什么样的关联？

早在殷商时期的人祭仪礼中，甲骨文有“斩人牲首”的方式。司马迁《史记·封禅书》中记载了战国晚期秦德公“磔狗邑四门，以御蛊灾”。石峁这些集中埋葬的头骨均位于早期地面之下或石墙墙体之下，应与城墙修建时的奠基或祭祀活动有关。其实，不论奠基还是祭祀都与人们看不见的鬼神相关。前面我们曾提到过东门城墙藏玉于墙的现象，将头骨祭祀坑与玉器结合起来，这明显有着原始宗教的性质。从世界各地诸多的创世神话来看，有一种共识，那就是人类的身体是从宏观宇宙的物质实体中创造出来的，比如我们的女娲用泥捏人。而献祭作为一种仪式，死亡被视为一种平衡宇宙的活动。

关于献祭有诸多解释，古玛雅人认为太阳会走向灭亡，所以，他们想通过一些人为的方式来延续太阳存在的时间，于是他们用人的心和血“喂养”太阳，以此来献祭。阿兹特克神庙也有关于人头献祭的现象，通过祭祀神灵的活动来祈求得到赐福，而人们认为这种死亡仪式是取悦神灵、安抚神灵的最佳方式。关于石峁的这一现象，有人说这代表着石峁古人对自然界的一种朴素认知，他们认为世间万物像庄稼一样，以死亡为基础，没有死亡就没有再生，生生死死，繁衍不息。

其实，这就是给死亡饰以宗教的外衣，当人们相信灵魂不朽，献祭成了对神最虔诚的表达。献祭的本质是人们相信在现实世界之外存在着一位（或多位）掌控现实世界的神，而这位神无所不能，人们除了敬仰，更多的是畏惧。

在处暑进入第二候的时候，秋意已显，遗址门口的那片青草地，已有微微泛黄的迹象。石峁后山的那片高粱地，饱满的果实像要撑破那红色的衣裳。遍地的谷子，一片金黄，那一条条的穗子，像是负重的人们低垂着的头颅。而气温走低添衣裳是人们切肤的体会，尤其是一场雨过后，那种凉飕飕的感觉，给人平添了几分寂寥。

秋风秋雨带走了暑气，同时也让人们体会到大自然的萧瑟之感。四季变化，周而复始，人们对于这种节律早已了然于胸。但人们对于由暖转冷的这种变化，心中还是有种说不明道不清的惆怅。不像从冷到暖、从冬到春人们总是满心期待。古人说天地始肃，万物皆存在于天地之间，或许这也能

○ 遗址内纵横的沟壑，典型的黄土高原风貌

证明人脱胎于自然这一事实。人类和万物一样，遵循着春生夏长秋收冬藏的自然规律。

处暑三候禾乃登，这是农耕时代的大事，这里的禾，是黍、稷、稻等粮食作物的总称。登在这里是成熟的意思，是人们历经春夏两季辛苦的付出所得来的收获。看上去是收获，本质上却关乎生命，万物存活于四季更迭之间，人也不例外地这样循环往复，一代又一代地繁衍，正是米粮维系着人类的繁衍。说白了，此时的收获将关系到人们能不能活着等到下一个收获时节的来临。古时候的人们，认为五谷丰登是神的恩赐和祖先的庇佑，所以人们为了回馈这种恩赐，用珍贵的时鲜食品奉献给神明和祖先，后来，人们把这种祭祀叫作荐新或秋尝。

一般情况下，处暑处于农历七月的中下旬，此时，正好赶上中国传统的祭祀性节日——七月十五中元节。其实，农历七月十五在民间叫鬼节，佛教称之为盂兰盆节，而中元节是道教的叫法。《四库全书》记载，乾隆做了六十多年皇帝，年年写中元诗，从他的诗中可知，从皇家园林到宫闱之内都举办中元节的活动。其实，中元节是一个完全祭祖的节日。

中国道教主要产生于古代中国农业的发达地区，他们认为天、地、水是养育世间万物的三个基本元素，将上半年视为天官，下半年视为地官。天玄地，地玄天，地生万物，水为生物之本（且地含水）。农业文明注重地水两元素对于万物的滋养作用，所以道家文化中始终蕴含着以地为中心来观察世界的方法论。按照道教的世界观，他们将一年的天官（上半年）的正月十五称之为上元节，下半年地官阶段的七月十五称为中元节，由于地含水，水居于地下，所以把地官下半段的十月十五叫作下元节。这里的“元”意为初始，和我们今天所讲的元认知的“元”有异曲同工之妙。

农历七月十五虽不是法定节日，但对于现在的石峁人来说，算是诸节当中最为重要的节日之一。在石峁这一带，人们把农历七月十五又叫作“面人节”或“麻谷节”。“面人”也叫“面花”，是中国的一种非遗文化，据说面花源于上古时期的图腾崇拜。石峁的老人讲，以前每逢七月十五这天，家家户户一大早就开始捏面人、蒸面人，出锅之后还要在面人身上点缀红、绿色的点。心灵手巧的女人们将面人捏成各种形态，其中大部分是大自然之中的飞禽走兽，当然也有人的模样。捏好的面人先要用于供奉神灵和祖先，然后才可食用，在物质匮乏的时代，面人也被当作孩子们下半年的零食。在石峁这块土地上，至少从4000多年前直至今天，谷子一直都是这里的主要农作物。而用于捏面人的白面较为珍贵，平时人们舍不得吃，在七月十五这个特殊的日子，用珍贵的白面捏成形状各异的生物，用来祭祀天地神灵祖先，以求得谷

处暑时节，傍晚时的石峁景观

石雕

子丰收。

石峁所处的纬度和海拔，决定了在处暑这个时节，微风拂面，不冷不热。截至目前，石峁举办了几次重大的学术会议均在处暑前后召开。心理学研究表明，舒适的自然环境，能为第一次到达某个地方的人留下极为深刻且美好的印象。事实证明，很多初次来石峁的人，颠覆了他们对黄土高原以往的认知，留下了很好的印象。

这是我第一次来石峁遗址，相比于遗址本身，那湛蓝的天空和清新的空气、山头沟畔间挂满枝头的青枣、遗址周边盛开的格桑花，更具吸引力……

秋属金，金色白，阴气渐重，露凝而白也。

太阳位于黄经 165°，公历 9 月 7—9 日交节。

三候：鸿雁来，玄鸟归，群鸟养羞。

白露

每当季节交替，气温回升时，石峁呈现出的是后知后觉的萌动，而气温下降时，石峁却表现出新闻般的时效，白露刚至，昼夜温差急速拉大，空气也变得干燥。

白露是反映自然界气温变化的重要节令，意味着孟秋时节的结束和仲秋时节的到来。《月令七十二候集解》释白露为：“处暑后十五日，斗柄指庚，为白露，八月节。秋属金，金色白，阴气渐重，露凝而白也。”露是一种自然现象，随着天气逐渐转凉，白昼阳光尚好，而太阳归山之后，气温急速下降，夜间空气中的水汽遇冷便凝结成细小的水滴，非常密集地附着于植物茎叶或花瓣上，看着宛若白色的珍珠，所以人们将其唤作“白露”。

以前，我国民间有白露时节“收清露”的习俗。古籍记载，人们用清露煮水泡茶或煎药饮，他们认为清露之中蕴含着天地日月的精华，饮之，可强身健体，消除百疾。正如李时珍在《本草纲目》中所讲：“秋露繁时，以盘收取，煎如饴，令人延年不饥。”

民谚：“白露秋风夜，一夜凉一夜。”确实如是，在石峁山上尤为明显。但毕竟白日间，在明媚的阳光下还残留着夏日的余温。那渐黄的草木和遍野的秋果，吸引着居住在城市里的人，此时正值畅游郊野迎秋赏景的好时候。据某个知名文旅系统统计，9 月份是北方人近郊游（主要指乡村旅游）的巅峰。仔细想想，城市固然精彩，但农村也不失美好。比如，古人根据漫长的观察，总结出白露三候：“一候鸿雁来，二候玄鸟归，三候群鸟养羞。”这些物候现象，居住在城里的人很难体会得到。智慧的古人，在漫长的生产生活中总结出诸多经验，如今，他们的尸骨早已荡然无存，他们生活过的痕迹也需要考古学家通过现代化的手段来取证，可他们却把文明与智慧延续给了我们。

石峁遗址发掘以来，壁画的多次发现与其发掘数量，备

受人们关注。其实，早在人类还未走出山洞时，就有了墙体上的艺术，那就是岩画。而真正意义上的壁画是作为建筑物的附属部分，为了装饰和美化或者与神巫活动相关的绘制在墙体上的一种艺术品。目前学界公认壁画最早出现在中东地区，如距今 8000 年的土耳其许于克神庙里的壁画、距今 8000—7000 年的土耳其科尼亚平原查塔尔 · 胡尤克居住区的壁画、距今 4000 年的伊拉克马利遗址宫殿中的壁画等。在我国迄今为止发现的最古老的壁画是牛河梁红山文化女神庙出土的壁画残片。石峁发现的壁画是陕西省发现的最早的壁画，也是我国史前壁画出土量最为庞大的一批。从发现的位置来看，壁画是石峁王国高等级建筑不可缺少的附属物品。

石峁最早的一批壁画发现于外城东门的内瓮城墙体上。通过对壁画的剖面分析，得知这些壁画的绘制从里到外依次为草拌泥层、白灰层、颜料层，草拌泥附着于石峁遗址高大的石头城墙上。邵安定、付倩丽对这批壁画的制作材料及工艺做了研究，对颜料成分和绘制技法有了初步的认识。这些壁画使用的颜料包括铁红、铁黄、炭黑、绿土四种。早在旧石器时代山顶洞人遗址内的人骨周围就有赤铁矿粉末，尼安

德特人和克罗马农人也有以赭石处理尸体的现象，这表明在旧石器时代铁红的使用似乎与丧葬有关。新石器时代，铁红作为主要的红色颜料大量发现于彩陶表面。到了龙山时代晚期，随着朱砂的大量使用，铁红的使用规模减小。而铁黄作为黄色颜料则很少使用，目前仅见于春秋时期至西汉早期的彩绘陶器或陶俑上，石峁壁画上的铁黄颜料应该是目前所知该颜料的最早应用实例。炭黑颜料的使用则可追溯到更早的新石器时代早期，是我国最为古老的颜料之一，直到秦汉时期才得到广泛使用。石峁壁画表面炭黑颜料为其在我国早期的使用增添了新的实物证据。从大量的考古发掘资料来看，绿土在古代作为颜料使用，集中于公元前 3 世纪以后，石峁壁画所发现的绿土作为颜料是目前所知最早的使用案例。一般认为绿土源于水深在 100—300 米的浅海中的海绿石。而石峁遗址地处黄土高原腹地，绿土又是如何来到这里的？

除此之外，石峁壁画中起稿线的使用，也是一项极为重要的发现。一直以来，壁画最早使用起稿线被认为源于汉代墓葬中的壁画。从遗留的痕迹进一步研究分析，绘制的工具可能是毛笔一类的软笔，这些壁画不论是制作工艺还是绘制技法早在 4000 年前的石峁时期，古人就已经掌握。石峁出土的壁画为研究我国壁画史、早期壁画的艺术特征、制作工艺等提供了实物资料。

○ 出土于外城东门墙壁的壁画残片

石峁的发现总是令人惊叹，石峁四季的变化也让人不自觉地将其与遗址相连。由于纬度与海拔的原因，每当季节交替，气温回升时，石峁呈现出的是后知后觉的萌动，而气温下降时，石峁却表现出新闻般的时效，白露刚至，昼夜温差便急速拉大，空气也变得干燥。大量的历史地理研究表明，4000 年前石峁的温度与降水均高于现在，那时候的白露时节应该没有如今这般干燥。随着时间的推移，世间的一切都在变化，包括人们感知到的和感知不到的。千年已逝，作古的作古，新生的新生，季节更迭，草木枯荣，周而复始，循环往复，视线之外那一条看不见的线，却将这一切紧紧相连。

近来，外城东门正在修建保护大棚，人们经常行走的木栈道也已拆除，遗址内挖得到处都是大坑，挖出的土堆像一座座小山丘，遍地都是现代化的器械，整个遗址看上去就是一个凌乱的建筑工地。有人说这样的保护除了破坏了环境，还将艺术埋进了坟墓。4000 多年前的石峁古人绝不会想到在 4000 年以后，他们会受到如此礼遇，他们若泉下有知，会不会因为后人们这样的保护而感到高兴？又或者，在我们毫不自知的情况下已经侵犯了别人的领地。当然，即便是同一物体，站立于不同视角的人们，所看到的都存在着巨大的差异性，正所谓见仁见智。石峁地处世界上水土流失最为严重的黄土高原，所以相比于那些被草木覆盖的地方，显而易见的是，发掘之后的区域在没有植被保护的情况下更容易坍塌，事实也证明了这一点。

除了遗址内的巨大变化，石峁山的风景依旧跟随季节交替，呈现出不一样的景致。白露过后，秋意渐浓，绿色一统大地的局面慢慢开始打破，草木开始枯黄，庄稼也趋于成熟。遗址门口那一片谷子地，在阳光的照耀下，泛着黄澄澄的光芒，呈现出一派丰饶的景象。那饱满的谷穗沉甸甸地低下了头，宛若老农在地里干活的模样。

望着那一株株谷子，竟然因为自身的重量将自己压弯了腰，看着让人感伤，原来自身的重量是如此之巨。有一则寓言，讲一个守财奴在涉水的时候因不舍得放弃自己随身携带的大量金银财宝，最终因为这些财宝的重量将自己沉入水底，丢掉了自己最为宝贵的生命，到头来财宝没为己所用，反而让自己也成了这些身外之物的陪葬品。当然，谷子的重量是一种在牺牲中获取价值的体现，不能与这则寓言同日而语，只是这种力量让人喟叹罢了。这不禁让人想到了4000多年前的石峁古城，在那个生产力极度低下的时代，建立起如此庞大的城池，用石量多达20万立方米，还有那数以万计雕琢精美的玉器，以及一颗颗少女的头颅……随着时间的推移，这一切都变成石峁古人不能承受之重。考古专家说埋藏于墙体里的玉器是石峁古人精神上的一种防御屏障，或许，那更是精神上的桎梏，埋藏于墙体里的也不是玉器，而是祸根。记得史书中记载魏世祖攻破统万城时的感慨，“蕞尔小国，而用民如此，虽欲不亡，其可得乎？”人性中的欲望最终都成为生命的重负，当这样的重负积累到不可承受之时，一切都将崩溃。“历史从不重复，却总押着相同的韵脚”，纵观历代王朝兴替，开始总能借鉴前人经验，心存敬畏，具有忧患意识，自然是励精图治。后来，通过先祖先皇的努力，国泰民安，而子孙后代过得太过舒适，早已忘记前朝覆灭的经历，慢慢地松懈与麻木，最终死于安乐。

或许，欲望才是这个世界一直未变的东西。

秋分者，阴阳相半也，故昼夜均而寒暑平。

太阳位于黄经 180°，公历 9 月 22—24 日交节。

三候：雷始收声，蛰虫坯户，水始涸。

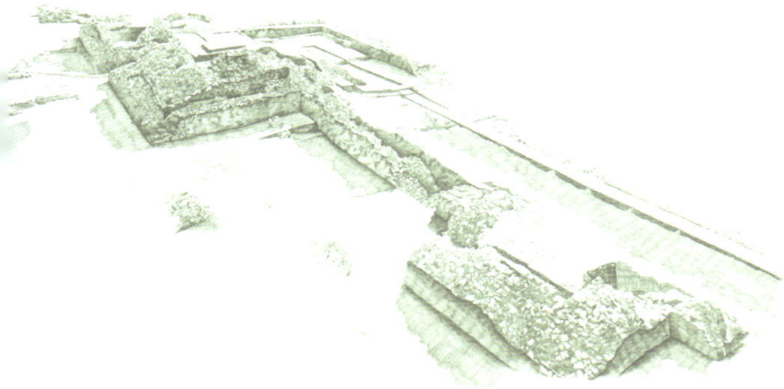

秋分

在石峁的四季当中，秋天最明丽，也最舒适。既无春日的风沙，又无夏天的烈日，也没有冬日的酷寒，这绝对是石峁一年当中最好的季节。

秋分日，太阳到达黄经 180°，几乎直射赤道，全球各地昼夜等长。秋分过后，太阳直射点由赤道向南半球移动，北半球开始昼短夜长，直至春分到来之后，才转逆为昼长夜短。所以古有“春分祭日，秋分祭月”的习俗。

在石峁的四季当中，秋天最明丽，也最舒适。既无春日的风沙，又无夏天的烈日，也没有冬日的酷寒，这绝对是石峁一年当中最好的季节。中国人崇尚中庸，道家讲究阴阳，就个人而言所谓中庸是一个人有过高低、好坏、曲直等经历，也就是说看尽世间一切沧桑变化，进而追求一切都刚刚好的“度”，这里的“度”与道家提倡的阴阳平衡有异曲同工之妙。这不仅是人们心目中所追求的最美的愿望，更是真正的人间大道。

《春秋繁露》中讲：“秋分者，阴阳相半也，故昼夜均寒暑平。”在中国古老的智慧体系中，阴阳几乎涵盖了整个世界，不论是客观存在，还是运转规律，大到自然之中的一切，小到人体的酸碱平衡，这均属阴阳的范畴。秋分时昼夜相等，古人根据自然变化的规律，认为人们在这个时节的养生，也应该本着阴阳平衡的规律，保持肌体的平衡。诚如《素问》中所讲：“谨察阴阳之所在，以平为期。”

《月令七十二候集解》：“白露后十五日，斗柄指西，为秋分，八月中。”据传秋分曾是传统的“祭月节”，而中秋节就是由“祭月节”演变而来。人们通过观察发现，秋分时月未必满，而祭月却无月，不合乎人的情感需要，所以便将祭月节改为八月十五。就传统节日而言，中秋节相比于其他传统节日，显得格外隆重。这是因为中秋月圆，被人们赋予了举家团圆的文化内涵，中秋节又是法定节日，所以真正成为现代中国人心目中，除春节之外最重要的一个节日。现在的城里人，中秋时节基本就是两件事：看望亲朋，家人聚在一起吃一顿团圆饭。而在石峁这个地方，有一些传统的老人，他

○ 秋分时，遗址沟壑里的风光

们会在中秋之夜于院子中央摆上香案，放上时令水果与月饼，还有一碗清水。而这碗清水的用途是为了映射天上月亮的倒影，这是一种祈福的行为，意为圆满。其实，人们知道，每个月的十五都是月圆的时候，而八月十五却格外不同，这是因为人们为八月十五赋予了文化意义，而这正符合或者说满足了人们的情感需求，所以这样的节日最终成为一个国家的文化习俗。为某物赋予精神意义，相比于动物世界，这正是整个人类文明所特有的。

事实上，古人所谓“春分祭日，秋分祭月”，是为四时变化，阴阳之间的此消彼长，而春分与秋分处于这种变化的起始节点，合在一起便是一个完整的周期。现代人认为的迷信，恰恰是古人发现天道运行规律之后，对这种客观存在的洪荒之力的敬畏与崇拜的表达方式。考古发现，古人对于自然规律的认识远远超出我们的想象。山西的陶寺遗址古观象台，由 13 根夯土柱组成，呈半圆形，考古人员在原址复制模型进行模拟观测，并发现冬至、夏至、春分、秋分对应的日出方位与土柱的关系，而春分和秋分正好对应着第七个狭缝。在石峁遗址出土的文物中发现了一些小件的铜器，是一些带齿和不带齿的铜环，其中一件是铜玉组合，出土的时候戴在人的手腕上，人们将其称之为“金镶玉”。令人费解的是，这些带齿的铜环以 13 齿居多，那么这些数字又代表着怎样的含义呢？

○ 戴在手腕上的铜玉组合

其实，13 是位于 12 和 14 之间的一个自然数，是一个普通的阿拉伯数字。但是一些西方人却非常忌讳数字 13。这一禁忌源于两种传说。其一，传说耶稣受难前和弟子们共进了最后一次晚餐，参加晚餐的第 13 人是耶稣的弟子犹大，正是犹大把耶稣出卖给犹太教当局，致使耶稣受尽折磨。参加最后晚餐的是 13 个人，晚餐的日期恰逢 13 日，13 给耶稣带来苦难和不幸。从此，13 被认为是不幸的象征，13 也被认为是背叛和出卖的同义词。其二，西方人忌讳 13 源于北欧神话。在哈弗拉宴会上，12 位天神正在聚会，中途，一位不速之客——烦恼与吵闹之神洛基忽然闯入，洛基的闯入招致天神最宠爱的柏尔特丢了性命，洛基的到来正好让聚会人数变为 13。塔罗牌主牌的第 13 张牌代表死亡，关于数字 13 的传说禁忌很多，特别是关于最后的晚餐的传说，加上达 · 芬奇的不朽之作《最后的晚餐》的加持，13 这个数字基因般地根植于西方世界。

其实，并非所有 13 都是不祥之兆，有的欧洲人就很喜欢 13。以色列曾被分为 13 部分，救世主恰恰 13 日降临。欧洲神秘的占卜术中有许多 13，比如，有 13 眼天泉、13 座天门、信奉上帝的人希望得到 13 种神药。玛雅人的卓尔金历就是以 13 和 20 为基数进行数学运算而来，在玛雅人心目中 13 象征着神明所居住的天界中的层级数。

中华民族对数字的信仰和崇拜基本上都可以在古老的《易经》中找到根源。譬如“天地之始”的一，“阴阳交合”的二，“生万物”的三，代表“基本方位”的四等。偏偏 13 是一个不常用的数字。然而，这并不意味着 13 在中华文化中没有特别的意义。作为中华文化的一部分，在神秘的西藏，那里的人民则视 13 为神数。在史诗《格萨尔王传》中就出现了一系列的 13，在《天界篇》中，提到 13 位护法天神、13 位护藏地神、西藏的 13 位山神、藏身宝 13 件、夜光宝珠 13 只，格萨尔王降生时手执 13 朵白花，向前走了 13 步，并发誓 13 岁成为菩萨，果然在 13 岁时赛马得胜，娶珠牡，登位称王。在佛教里 13 是个大吉数，代表功德圆满，比如布达拉宫 13 层、天宁佛塔 13 层等。

13 的意义如此神秘丰富，那么石峁遗址铜齿环上的 13 齿究竟有何深意？到目前还不得而知，有待于更多的考古佐证与解读。

史料表明，数字是古印度人的发明创造。古印度人在进行城市的建设时需要设计和规划，祭祀时需要计算日月星辰的运行规律，于是，产生了数学运算。大约在公元前 3000 年，印度河流域的人们就开始采用十进位的计算方法，到公元前 3 世纪印度就有了整套的数字。偌大的石峁古城在修建的过程中肯定是有数学计算的，只是我们不知道他们是以何种方式来计算。在石峁考古发掘中发现相当数量的算筹，我们知道这是计数器，但目前还没有明确古人如何来使用这些算筹计数的方式。

历史给我们留下太多的疑点与谜题，正如眼前的石峁古城。

在石峁，很难看到完整的地块，一眼望去，沟壑纵横、支离破碎，但是，秋分时节的石峁却是最适合荒野散步的季节。虽然散步的路线总是沟沟峁峁、上上下下，可此时的石峁，风轻云淡，草木未枯，余温犹存，还有偶然遇见的野果，所有的一切自带一种舒适的温和。延绵不绝的山山峁峁，给

○ 遗址内秋日风光

○ 皇城台通顶走道局部

人以无穷无尽之感，眼前的景象很难让人联想到4000多年前石峁古城的繁荣。正如华兹华斯的那首诗：

光辉曾经那么耀眼
现在却从我的视线中消失
纵使再也唤不回
那绿茵葱郁、花朵绚丽的一刻
我们不会悲伤，而是从残留中
寻找一种力量

——《永生的宣言》

很多在石峁工作的人，都曾坦言，石峁虽然远离城市，但是让人觉得安宁。大自然是人类的典范，它的魅力在于拥有能洗涤人灵魂的强大能量，很多时候很多景象能够让人心生敬畏，让骄傲的人变得谦卑，让自以为是变成渺小，让荣耀变成浮尘。同样，它能让失意的人找到慰藉，让委屈成为包容，让卑微成就强大。

秋分是一个蕴含哲学韵味的节气，正如前面所言，是一种恰到好处的平衡，可在现实生活中要实现这样的平衡谈何容易！本质上而言，这个世界上所有的灾难都是失衡所致，包括石峁王国的消逝。

九月节，露气寒冷，将凝结也。

太阳位于黄经 195°，公历 10 月 7—9 日交节。

三候：鸿雁来宾，雀入大水为蛤，菊有黄华。

寒露

石峁在寒露时节已进入深秋，清晨时，偶尔能看到霜铺满地，夜间的星空也已换季，“大火星”早已西沉。此时的山峁，远远望去，那一块接连一块的黄土地，在庄稼收割之后完全裸露，仿佛回到了它最初的模样。

春暖、夏热、秋凉、冬寒，是人们体感四季气温变化的表达。在二十四节气当中，有三个带“寒”的节气，寒露、小寒和大寒。寒露是二十四节气当中第十七个节气，属于秋天，而小寒和大寒却是一年当中最为寒冷的时节。《月令七十二候集解》说：“九月节，露气寒冷，将凝结也。”寒露虽属秋，但此时热气已彻底消退，寒气渐生，露气凝结便是天气转寒的表征，这个“寒”字为冬的到来

○ 距遗址不远处的明代烽火台

○ 遗址内秋日风光

发出了预警。尤其是中国的北方地区，最低气温已降至10℃以下。

石峁在寒露时节已进入深秋，清晨时，偶尔能看到霜铺满地，夜间的星空也已换季，“大火星”早已西沉。石峁的冬天即将来临。

此时的山峁，远远望去，那一块接连一块的黄土地，在庄稼收割之后完全裸露，仿佛回到了它最初的模样。这不禁让人想到一个月前，这片土地还是一幅生机勃勃的景象。如今，整座山峁沉寂于萧瑟之中，散发着悲壮的气息。土地乃生命的本源，人类创造了“生生不息”这个伟大的词语，这正是土地独具的使命与真实的写照。

古时的人们认为天道四时与人间法则有着颇为密切的关系。尤其是汉儒董仲舒，他在《春秋繁露》中讲:“王者配天，谓其道。天有四时，王有四政，四政若四时，通类也。天人所同有也。庆为春，赏为夏，罚为秋，刑为冬。”古人将自然现象与人类社会相关联，春夏乃万物生长的好时节，秋冬乃肃杀蛰藏的季节，古人认为这与天意相一致。人们熟知的“秋后问斩”便是指秋分之后的一种刑罚。所谓秋后算账如是，早先的人们在收获之后要纳皇粮国税，民间的一些债务也在秋收之后追还。这些情形所反映的正是以农耕为主导的社会现象，伴随四季交替，正如《周易》所反映的此消彼长、四季轮回、反反复复，又无限流长。

石峁遗址尚在考古发掘之中，可由于当今传播媒介的发达，慕名前来遗址参观的人虽不像一些知名景点那样熙熙攘攘，但在特定的小长假里也是络绎不绝，就譬如刚刚过去的国庆节。

相比遗址之外空寂的山峁，这里可以称得上是热闹，那些翻山越岭前来探秘的人们，一拨又一拨。你可以试着闭上眼睛想象，也可以站在上帝的视角去观看，展现在你眼前的是远离城市的梁峁沟壑，可就在这僻静之地，在某个山头却是人头攒动，这样一幅景象会不会勾起你的好奇之心想去一探究竟？当然这样的描述较为匮乏，然而，人类那特有的出奇的想象力定能捕捉到所描述的景象。遗址的工作人员偶尔也会与游人交谈，果然，他们都满怀好奇之心前来一探究竟。让人遗憾的是，他们大多兴致勃勃而来，失望茫然而归。说白了，聚众是人类特别偏爱的行为，往往这种行为维持不了多久就会一哄而散，这样的场面在不同时间、不同地点反反复复地上演，没有人会深究缘由，人们总是这样乐此不疲。话说回来，这些来石峁的游人无法体会有些媒体略带夸张成分的报道，加之本身知识的局限和快餐式的思考方式只能令他们更加疑惑，石峁之行成了不愉快的体验。走的时候还不忘说一句：现在的媒体都是骗人的，不就是一堆石头！一些

○ 人面石雕

○ 玉器

石峁的工作人员听到这样的话就像是被伤着一样，跟着咕嘟一句：那是你不懂。可仔细想想，那逝去的终究已经逝去，即便是考古工作者又懂多少呢？石峁的很多来访者都是疑惑的，这再正常不过，或许石峁考古队的成员心中疑惑更多，因为他们看到了更多百思不得其解的现象。

尤其是近年来石峁古城核心区皇城台的发掘，让人震惊的同时，也有诸多费解的现象。皇城台位于内城偏西的中心部位，是一座四面包砌护坡石墙的台城，大致呈方形，护墙自下而上斜收趋势明显，在垂直方向上具有层阶结构，上小下大，类似于玛雅金字塔。现存九阶，高 70 多米，底部 24 万平方米，顶部 8 万余平方米。就地理位置而言，通视效果极好，能够看到古城大部分区域。外有天然屏障洞川沟，内有内外城环套包围，三面环壕，仅一侧通往内外城，为石峁

古城最为安全的区域。有人做了很形象的譬喻，如果把石峁古城比作北京城，皇城台就是故宫。关于皇城台这一叫法也并非考古队所命名，而是当地老百姓祖祖辈辈口口相传而来，至于这样的叫法能追溯到什么时候，无人知晓。所以，关于皇城台的“huáng”字，是黄帝的“黄”，还是皇帝的“皇”？有人说石峁古城位于黄土高原，是黄帝部族的都邑，也有人说不要轻易把传说与古史挂钩，现今争议颇大。石峁遗址的命名是因皇城台所在区域的高家堡镇石峁村而得名，如今石峁周边的自然村合并，大的行政村名为石峁。

皇城台的发掘还在持续进行，就目前发掘情况而言，皇城台为高等级贵族或石峁王居住的区域。皇城台门址由广场、瓮城、南北墩台、门道等组成，在通往台顶的路面上有阴刻符号。尤其是已发掘的大台基南护墙巍峨壮观，墙体上镶嵌

着栩栩如生的石雕。这些石雕多以减地浮雕的手法为主，主要有符号、神面、人面、动物、神兽等，最大的石雕长度近3米，以神面的正脸为中心对称雕刻，体现出高超精湛的技艺。在最新的考古发掘中，出土了骨、陶、石、玉、铜等各类遗物数万件。其中制作铜器的石范，为我国最早的铸铜遗存之一，为探索早期冶炼技术的传播路径提供了连接点。陶瓦的发现更为皇城台存在高等级的建筑提供了佐证。丰富的乐器、莹润的玉器、精美的壁画、精致的陶器等等，体现了皇城台的修建倾注了建造者的诸多精力。同时这些遗存不仅反映了古人的智慧与丰富的生活，也体现出皇城台这一区域居住者的等级与宫城性质。考古研究表明，皇城台作为目前东亚地区保存最好的早期宫城，这种多层设防、众星拱月般的结构奠定了中国古代以宫城为核心的都城布局。

我们不能以现代人的视角欣赏4000多年前的遗存，当然话说回来，就手工技术而言，现代人未必能够比石峁古人做得更好。就拿石峁玉器来说，我们暂且不谈玉料或者工匠的来源，也不说这些玉器是否出自石峁古人之手。一件玉器的制作要经过很多复杂的工序，切、割、琢、磨是最基本的程序。就新石器时代晚期的生产工具，我们无法想象古人是如何将一块块玉石雕琢成一件件玉器呈现给世人的。限于当时的生产力水平，或许一件玉器要经过几个月甚至更长的时间才能够完成。当然，或许我们低估了古人的智识。从数量如此之众的玉器可知当时已经有专业的玉工，或者是存在着世世代代制玉的家族。

考古发掘的种种迹象，总令我们赞叹。那些基于经验总结出的智慧的话语让我们受益，尤其是对于自然的观察。譬如寒露这个名称，在寒露时节，气温较白露时更低，露水更多，日带寒意，故名。在我国民间，有“露水先白而后寒”的谚语，露水从初秋的一点点寒意到深秋透着几分寒意的“白露欲霜”。寒露三候：一候鸿雁来宾，二候雀入大水为蛤，三候菊有黄华。这些细微入微的观察将气候变化的特征体现得淋漓尽致，它们虽非石峁古人的总结，但一定也有其贡献。我们也无法知晓4000年前的今天他们有着怎样的具体活动，或者有着怎样的仪礼行为。但考古的种种迹象让我们相信，他们必定知道节气运行的规律。他们的生产生活，穷尽我们的想象也不能及。

石峁遗址尚在考古发掘初期，石峁百年考古发掘计划，让我们有理由相信未来会有更加震撼的发现，或许还有更加难以解释的现象，亦或许颠覆之前的认知。不论何种可能，不论过去、现在，还是将来，这片土地上的四季轮回依然，亘古不变。

九月中，气肃而凝，露结为霜矣。

太阳位于黄经 210°，公历 10 月 23—24 日交节。

三候：豺乃祭兽，草木黄落，蛰虫咸伏。

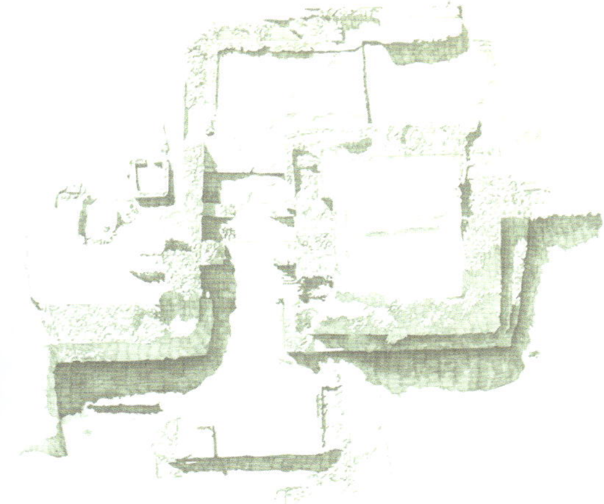

霜降

霜降时的石峁，冷空气从天空、地面毫无遮蔽地释放，山野间弥漫着初冬的气息。清晨，那沟壑间的草木之上布满了似霜非霜、似雪非雪的冰凌，远远望去，既像簇拥的白色花朵，又似沉甸甸的果实。

霜降是二十四节气当中的第十八个节气，也是秋季的最后一个节气。霜降过后，气温骤降，昼夜温差进一步拉大，俗话说“霜降杀百草”，此时大地上草木黄落、蛰虫咸伏，天地间一派萧索。人们对于“霜”的认识，早在《诗经》中就有记载：“九月肃霜，十月涤场。”吴澄在《月令七十二候集解》中对“霜”做了比较科学的解释：“九月中（农历），气肃而凝，露结为霜矣。”古人结合农业需要，所以将“霜”的这种自然现象归纳为“霜降”，列入农业二十四节气。

尤其是在这大山之中，霜降之后，冷空气从天空、地面毫无遮蔽地释放，山野间弥漫着初冬的气息。清晨，那沟壑间的草木之上布满了似霜非霜、似雪非雪的冰凌，远远望去，既像簇拥的白色花朵，又似沉甸甸的果实。在这个万物凋敝的时节，它们宛若精灵，释放出精纯的光华。

此时的石峁，绿色早已了无踪影，满眼尽是枯败的草木。住在山里的人已身着薄棉衣，尤其是那些放羊的老人，棉衣外面的腰间还缠着布条，以保温暖。那洁白的羊群，在沟壑间上上下下，散发出与这个季节极不协调的活力，甚是动感。鲜活的生命如此美好。再看看考古发掘中那些不在少数的瓮棺中的婴孩儿，还有殉人，甚至是那些墓葬里的主人，研究表明，他们的寿命都很短暂。理查德·道金斯在《解析彩虹》的开篇写道：

人固有一死，但正因为此，我们才是幸运儿。大多数人根本就不会死去，因为他们压根就没有诞生。这些潜在的、没有出生的人，数量超过了阿拉伯大沙漠中的沙粒；他们本来可能活着与我们同列，但事实上却永远也没有机会见到一丝阳光。显然，在那些没有诞生的生灵中，会有比济慈更伟大的诗人、比牛顿更伟大的科学家。我们都知道这些，是因为我们的DNA所允许的“可能存在的人”的数量，大大超过有机会出生的人。拥有这些罕见机会的幸运儿，就是你和我，就是生活在这世上的平淡无奇的人们。

——《解析彩虹》

正如墨文·皮克所说：“活着本身，就是最大的奇迹。”的确，这不仅适用于人类，也适用于所有物种。

而让人们活下来的除了基因上的选择，也需要一定的外部条件，像人类文明的诞生一样。考古发掘表明，人类古文明的发祥地大都位于河海之滨或河流交汇之处，埃及的尼罗河、印度的恒河、美索不达米亚平原的幼发拉底河和底格里斯河都是人类古文明的生命线。而石峁王国的生命线就是秃尾河。秃尾河，汉代称環水，后称吐浑河，明代称秃尾河，是黄河的一级支流。其位于陕西省境内，源于神木市锦界镇西北的宫泊海子，宫泊沟与圪丑沟汇流称为秃尾河。下游为神木与榆林、佳县的界河，并在佳县武家峁附近汇入黄河，全长140公里，流域面积达3294平方公里。流域内修建了水洞渠、红花渠、永兴渠等灌溉渠道，及神木的瑶镇水库、榆林的赵家峁水库、佳县的杜家沟水库等，对沿岸的农业发展有着不可估量的巨大作用。此外，石峁优质的黄土地也是孕育早期农业的宝地。

近年来，石峁遗址通过考古发掘和各学科的综合研究，为我们进一步了解 4000 年前石峁的生业形态提供了重要资料。比如胡松梅、杨苗苗等人对石峁遗址 2012—2013 年出土的动物骨骼进行研究分析，虽然这只是石峁这个大型聚落遗址的一部分，但其价值和意义重大。尤其是他们基于哺乳动物的分析，得出当时石峁遗址周边的环境以草原为主，草原上有羊、牛、马、兔等食草动物，还有小片树林、灌丛，梅花鹿、狍子和野猪等动物也生活其中。并且从石峁遗址中人们对动物资源的利用可知石峁的经济类型为半农半牧。

石峁遗址处于黄土高原与鄂尔多斯高原过渡地带，是游牧文明与农耕文明的交错区域。神奇的大自然在这里留下一条看不见的线，那就是 400 毫米等降水量线，更为神奇的是，

明代长城的走向与400毫米等降水量线多方重合。4000年前这个区域的人们过着半农半牧的生活，之后在不同的历史时期这里都是边塞，长城外是游牧，长城内是农耕。就连当地人的饮食，除了陕北特色还兼具蒙古风格，喝着小米粥的同时还大块吃肉大碗喝酒。连同音乐亦是，陕北民歌有漫瀚调的味道，漫瀚调里也有陕北民歌的韵脚。一直以来这里都是一个民族融合、文化多元的地方，更是文化传输的重要连接点，而这都已经被历史证实了。

在这座大山上，生长着数目繁多的酸枣树，有趣的是这些树木大多长在沟壑边上，还带着许多刺，但那酸甜的口感让人着迷。即便是在这个草木枯萎的时节，那红溜溜的酸枣还挂在光秃秃的枝头上，很多时候，一些酸枣一直挂着，直到下一个生长周期。研究表明，人们今日吃的红枣就是野生酸枣驯化的产物，大自然的博爱和古人的智慧这种近乎完美的配合简直让人无以言表。在今日的陕北大地上，枣树的栽种已有几千年的历史，这里产的枣子被称为“母枣”。自然与人类联系紧密，而我们却有一种习以为常的麻木，当然人们很难看到视线之外的那条线，自然存在的一切都有它深刻的道理，只是我们无法知晓而已。

正如秋天明明是收获的季节，气候也不差，可为什么总让人伤感呢？纵观古今中外，总有一些文人墨客留下悲秋的诗行，就连那些平凡的人们偶尔也会心怀这样的情绪。那种感觉就像是在明亮的遮盖下被隐匿于黑暗之中，既看不见也摸不着却能感受到的一种气息，那种感觉隐隐的，不激烈，像呼吸一样类似于自然天成。

关于人们对于秋天的悲伤，自然似乎早已预设好了答案。大自然孕育世间万物，她拥有属于自身运行的算法和规律，而这种算法和规律又隐藏于万物之中。人类作为大自然的一分子，其身上蕴含的某些特性是否也遵循着这种规律呢？答案应该是肯定的。随着太阳的运行规律，秋分之后，阳气慢慢收敛，阴气随之旺盛，气温逐渐走低，草木开始凋零，一如眼前这种衰败的景象。其实，早在两千多年前古人就给出了人们悲秋的原因，那是一种朴素的自然哲学观，却不失科学性：

> 秋天在五行为金，在五味为辛，在五色为白，在五化为收，在五气为燥，在五脏为肺，在情志为悲。

既然秋天与五脏六腑中的肺相对应，出现悲伤的情绪就是基因在作祟，而基因里又隐藏着大自然的规律。《黄帝内经》上记载“肺在志为悲（忧）”，肺与悲伤的情绪紧密联系，这一点在当代医学上也已经得到了证实。

○ 遗址内废弃的窑洞

那些正好在这个季节成熟的作物，譬如那些酸甜的酸枣，在一些医学典籍里讲道：肺主秋，秋气燥，宜食酸补之，酸可生津润肺。自然就是这般神奇，人们总说吃应季之食，这应该也是大自然预设好的算法。仔细思索，生命唯一正确的出路就应该是遵循自然规律，而不是其他。那些各行各业的大师们，总是对大自然顶礼膜拜，的确，自然总能给予人们超出预期的智慧。大自然的安排恰到好处，中国古老的哲学讲“万物相生相克”，食物链就是最好的证明。

其实这种情绪上的悲喜，还是因为客观的存在。从冷变暖，就穿衣服而言一层层地脱掉，没有压力。而从暖到冷，这个增加衣服的过程就是一种物质需求。古人言“穷人的冬天难熬”，其本质为物质匮乏，缺衣少食。试想 4000 多年前的石峁古人，随着天气逐渐转冷，他们的生活更为悲苦，衣食是最大的问题。这也就能解释得通当气温由冷转暖的时候，人们那种盎然的心态了。今天的人们虽不为衣食发愁，但人类百万年的进化历程，早已把物质化的担忧沉淀在了基因里。

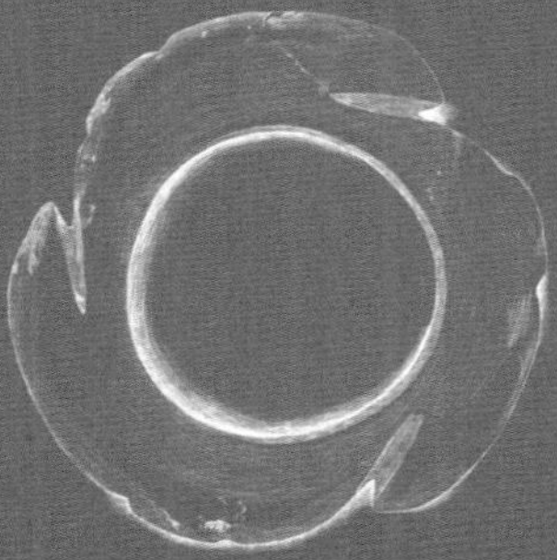

冬

WINTER

立，始建也，冬，终也。万物藏，水始冰，地始冻。

太阳位于黄经 225°，公历 11 月 7—8 日交节。

三候：水始冰，地始冻，雉入大水为蜃。

立冬

石峁的冬天早在立冬之前就已提前到达。

斗指西北，太阳到达黄经 225° ，是为立冬。冬季以立冬为始，立春为终。从“冬”的甲骨文字形中可直观地看到，“冬”字像一段绳子的两头打了结，甲骨文研究专家将其解读为“终结”之意。正如《说文解字》里讲：“冬，四时尽也。”是说“冬”是一年四季当中最后一个季节，所以“冬”的本义应该为“终”。随着汉字的发展演变，“冬”的本义早已不适，而只是作为四季之一。

立冬与立春、立夏、立秋称成四立，立是建立、开始的意思。四立不仅代表大自然的四季更迭，还具有人文性质的仪式感，所以，立冬作为四时八节之一，在中国古代，会作为重要的节日来庆贺。《吕氏春秋》中记载："是月也，以立冬。先立冬三日，太史谒之天子，曰'某日立冬，盛德在水。'天子乃斋。立冬之日，天子亲率三公九卿大夫以迎冬于北郊。还，乃赏死事，恤孤寡。"立冬作为"四立"之一的重要节气，在民间也极为重视。所谓秋收冬藏，立冬是冬天的开始，是人们忙碌一年之后开始享受丰收、休养生息的时节。所以在民间有祭祖、饮宴、卜岁等习俗，以时令佳品祭祀祖先与神灵，以祈求来年的丰收与生活的富足。

立冬意味着冬天的正式来临，草木凋零，蛰虫休眠，正所谓万物藏。实际上石峁的冬天早在立冬之前就已提前到达。立冬之后，天气一日比一日寒冷，犹如年少时自制冰棍时的那种情形，从一杯水一点一滴冷却，最终凝结成冰。年少时等待一杯水凝结成冰的时间是那么漫长，如今，从春到冬，除却过程当中的冷热交替，其实也像极了一杯水凝结成冰的历程。所不同的是从春到冬的时间远快于年少时一杯水凝结成冰的速度，几乎是一眨眼。隔窗望去，那荒芜的样子和初春时的情形极为相似，夏天似乎只是在梦中存在过。

大自然总是以它独特的方式来启迪人们的心智，给予人们智慧。正如眼前荒芜的景象看似和初春一样，但在本质上

○ 骨针

却大不相同。如果只是匆匆一瞥，感官会占据主导，蒙蔽内里。而此时，随着热力一点点消逝，草木也渐渐走向消亡，在生命轮回这条抛物线上向下行驶，却还没有到达最低点。而初春却随着热力一点点增加，草木慢慢迈向新生，在生命轮回的这条抛物线上向上攀爬，一步步到达最高点。一个向生，一个向死，生死相依，无生就无死，无死亦无生。关于石峁时代活人祭祀的现象，有些学者这样解读：石峁古人认为人像庄稼一样一茬一茬，在生与死之间循环往复，用活人献祭的方式来取悦神灵，就是让部分死亡换取更多的新生。在石峁古人的认知里，这种死亡是有价值的。用宝贵的生命安抚神灵，虔诚只是表象，畏惧才是本质，用生命换取心安或者达到某种目的，这不过是石峁古人一厢情愿的交换。不论是谁，都无权要求生命永恒，长存于世，同样，也不论是谁，更没有剥取生命的权利，死亡是自然的，如此看来，今天的我们的确是进步了的。

当然，在漫长的文明演进当中，人们有选择地弃绝了某些古老的习俗，相应地，也承继了一些。譬如，立冬时节，在石峁周边地区，有送寒衣的习俗。所谓送寒衣，就是冬季来临时，为仙逝的亲人送去御寒的衣物，这些衣物均用专门的冥纸做成，然后焚烧。焚烧之时也极为讲究，每一件物品都要烧得干干净净，方能在阴间使用。反之，只要有一点没有烧尽，就不能转化为阴间物品，前功尽弃。说白了，这其实是人们对亡故亲人的缅怀与关心，算是一种情感延续。据说这个习俗起源于周代，流行于北方，这一点又体现出了地缘文明，通俗点讲就是一方水土养育一方人。也只有在寒冷的北方才会萌发送寒衣这样的习俗，其实，这是古人“视死如生”的共情观念。

关于4000多年前石峁古人的立冬是什么样的，人们不得而知，但就季节更迭而言，立冬时节增衣保暖应与今人无异，只是衣物在材质与款式上的差别。人在根本性的需求上，即便跨越千年，其本质不变，变的只是具象的物品罢了。如今的服装材质极为丰富，有丝、棉、麻、皮、毛、碳纤维等，款式更是多样，一个季度就有上千种，所以很多现代人有选择困难症，毕竟可选择的总是太多。

史料研究表明，在骨针发明之前，我们祖先的服装，都是直接取材于大自然之中的兽皮和树叶。1930年，考古专家在清理山顶洞人化石时，在山顶部的堆积中发现了生活在这里的原始人遗迹。1933年再次进行发掘时，在第一层文化层中发现了一枚骨针，这枚骨针保存完好，针尖尖锐，针身圆滑，经鉴定这枚骨针经刮削和磨制而成。在山西朔城区峙峪人和河北阳原虎头梁人等遗迹里，也发掘出各种兽骨制成的骨针。骨针的发现，证明早在几万年前，我们的祖先已初步

○ 遗址建控区内洞川沟风光

掌握了缝纫技术。从骨针的尺寸、针眼的大小，以及其他出土的文物来看，那时候的衣服材料，并没有超出兽皮的范畴。不管如何，随着骨针、线绳的发明，我们的祖先终于摆脱了直接从大自然寻找衣服的尴尬处境，在他们的灵魂深处对于美的本能渴求开始萌生。他们对服装的制作进入了一个新的阶段，在原始的兽皮、树皮面料上按照自己的需求进行设计、裁剪，再将切割成各种不同形状的兽皮用骨针缝合在一起，从而大大地丰富了服装的形制和款式。1973 年，在青海省大通县上孙家寨出土的彩陶盆上，描绘了 15 个跳舞的妇女，她们头部垂有发辫，身穿过膝长裙。艺术的表达来源于生活，这些妇女身着的长裙从侧面反映出当时服装的完备。

相传，神农时，耕而食，织而衣。纤维织物作为衣着材料应该是衣服的完备之始，那么，我们的祖先究竟是从何时起掌握了纺织技术？考古研究表明，纺织技术的应用可以追溯到 5000 年左右，也就是新石器时代晚期。随着原始农业的发展，人们的生活日趋稳定，开始栽培植物，驯养动物。人们在长期的劳动实践中发明了捻线，开始使用简单的织布机。当时用来织布的原料，一是麻，二是葛，都是韧皮类植物纤维。在河南三门峡庙底沟和陕西半坡新石器时代遗址中出土的陶器上面，发现印成布纹的痕迹和画有布纹的彩绘。《尚书·禹贡》中记载了九州贡品，其中兖州进贡的有蚕丝和锦绣等，青州进贡的有细葛布、丝、麻等，徐州进贡的有黑色丝绸等，豫州进贡的有丝、细葛布、苎麻、细丝绵等。

而在石峁的考古发掘中，石峁遗址外城东门址发掘初期，从一处瓮棺里的幼儿身上发现了碳化了的苎麻，从遗存分析，发现幼儿身上的衣服有内外衣之分，靠近身体的一层经纬度明显细密，而外面的那层却相对疏松。在后来的皇城台发掘中，更是有了惊人的发现，除了丝麻类碳化物，还发现了数以万件的骨针。这些骨针有多种型号，有粗有细，有长有短。尤其是那些较细的骨针，打磨得细致又光滑，骨针不论针眼还是粗细都与今天的针无异。我们不谈骨针的制作工艺，但我们可以透过针眼窥探到那时候人们使用的线（丝或麻）的粗细与今天的一样，由此可知石峁时代的服装材质大大超出了我们的想象。在后来的发掘中，又出土了石质纺轮，这进一步确立了石峁时代的服装材质。在石峁发现的众多玉器中，有一种蚕形器，专家称之为玉蚕。考古的种种迹象已经可以实证石峁时代的衣服材质，即使在当时这些材质不具有普及性，仅限于上层群体，也足以证明古人已经掌握了这些技能。

近些年，考古学家用他们的手铲将这座古城变得鲜活起来，当然这种鲜活只是表象。正如城池中那些古老的石头，它们从邃古相传至今，还将流传至遥远的未来。墙体上那些定格成永恒的雕刻，蛇、老虎、牛……似乎从遥远的丛林而

○ 老虎石雕

○ 外城东门大棚

来，迷失在人类世界，又似乎它们本就属于这个雕刻的世界，长久地生存着。它们没有生命、没有回忆，就是石头一块，从形态上实现了某种永恒。它们被记忆，自身却又毫无意识，它们将永远地沉睡。考古人员将一如既往为我们揭开沉睡面纱下的不少谜题。

北斗西沉，仙后高升，飞马临空，猎户探头。

太阳位于黄经 240°，公历 11 月 21—23 日交节。

三候：虹藏不见，天气上升，地气下降，闭塞而成冬。

小雪

小雪时节，石峁已是冰雪封地天气寒，整个山峁毫无生命的气息。好在太阳高悬，蓝天依然，让这个灰色的世界在感官上仍旧明朗。

当太阳到达黄经 240° ，小雪至。

夜间，北斗七星的斗柄指向 10 点钟方向，夜间的星空也已改变，正所谓北斗西沉，仙后高升，飞马临空，猎户探头。

植物栽培古籍《群芳谱》中说：“小雪气寒而将雪矣，地寒未甚而雪未大也。”小雪时节由于天气寒冷，降水形式由雨变为雪，而“地寒未甚”，所以降雪的频次与雪量相较于下一个节气“大雪”，是为小矣。

《月令七十二候集解》中对小雪及其候应做了详释：“立冬后十五日，斗柄指亥，为小雪。十月中，雨下而为寒气所薄，故凝而为雪。小者未盛之辞。一候虹藏不见。礼记注曰：阴阳气交而为虹。此时阴阳极乎辨，故虹伏。虹非有质而日藏，亦言其气之下伏耳。二候天气上升，三候地气下降闭塞而成冬。天地变而各正其位，不交则不通，不通则闭塞，而时乏所以为冬也。”正如金文“冬”字的模样，太阳似乎被某种物质包围，不能尽情释放自己的热量，整个世界暮色沉沉，自然万物也显得毫无生气。

此时的石峁冰雪封地天气寒，整座山峁在朔风之中，变成了凄凉孤寂的荒野。那高悬的太阳与莹莹的蓝天，让世间万物显得尤为寂静，宛若画上休止符的音乐，一切在此暂停。当然，此时若落下初雪，整座山峁便别有韵味。（气象学资料显示，近十年来，陕北小雪时节落下初雪的概率达 57%）当洁白的雪花落在起伏不平的沟梁、树木、道路、枯草、房屋、院落时，整个世界仿佛被冰封，那白皑皑的模样，美得如同仙境，让人忘记了暂时的苦寒。英国作家普里斯特利说：“初雪的迷人之处并不在于降雪本身，也不在于这个冰封雪覆的景象，而在它初降的新鲜，而在它突然的变化。”深以为是。大自然的变化无常与不可预料为日常的那种单调和周而复始增添了色彩与起伏。所以，人们无法无视这神奇的变化，这变化就像平淡生活中一个值得庆典的节日，像平缓乐曲中的变奏，让人深感不同寻常的独特与美妙。反之，若日日降雪，

○ 雪中山鸡留下的脚印

我们便会习以为常，或者厌恶。

此时，由于天气寒冷，石峁每年的考古工作已经结束。从 2011 年石峁遗址的考古调查工作开始，目前已接近八个年头，石峁遗址的发现可谓石破天惊。从遗址外城东门址到遗址核心区皇城台，每年都有新发现，尤其是 2016 年皇城台发掘以来，在考古发掘期间几乎天天都有新发现，用考古队员的话说，惊喜不断。各类考古学奖项也是拿到手软。从石峁遗址的考古发掘情况来看，那个时候已经有了细化的社会分工。

社会分工是动物社会的标志之一，也是人类出现商品交换的基础。对人类来说，没有社会分工，就不会产生交换，市场经济也无从谈起。人类社会分工的优势就是使各种劳动独立化、专业化，从而使平均社会劳动时间大大缩短，生产效率得到提高。从石峁发掘的状况，可知当时社会分工的细化程度。首先来看石峁庞大的建筑群，这些建筑宏伟而高大，按当时的社会生产力发展情况，修建如此庞大的城池，肯定需要专门的建筑人员。宫殿、城门等建筑考究而合理的布局，以及石头的打磨、雕刻等工艺，说明当时不光有从事体力劳动的工人，还有专业的建筑设计、规划人员。石峁出土的玉器，不仅数量庞大，工艺也异常精美，这样的手艺不是谁都拥有，是经历了漫长的时间而练就的，这就说明还有专门从事打磨、雕刻玉器的工人。同时，还发现了烧制陶器的作坊。在那个“国家大事，在祀与戎”的时代，即使在和平时期，也有专门从事军事的人员。当然，出于祭祀的重要性与频繁性，也就存在脱离生产的专门神职人员。农业作为古代文明的物质基础，专门从事农业的人员占据着社会的主导力量。在统治阶层中，也有着细化的分工，有主管军事的、建设的、文化的、祭祀的、收取进贡物品的，等等。

恩格斯在《家庭、私有制和国家的起源》一书中指出，在东大陆原始社会后期有三次社会大分工：第一次大分工是畜牧业和农业的分工；随着生产力的发展，第二次分工是手工业在农业中完全脱离出来；第三次是随着商品交换的发展，产生了只从事于交换的职业，即商人。从石峁时代的社会分工来看，当时已经完成了畜牧业和农业的分工，手工业也已经脱离出来，并产生了从事交换的商人。如此精细的社会分工，充分反映出石峁时代生产力的发达程度，也体现了当时的文明程度。

小雪后远眺皇城台

在这座大山上，冬天的时光显得格外漫长与悠闲，所以经常看到有人兴奋地谈论着出土的文物，他们带着夸张的表情侃侃而谈，那架势仿佛他们穿越了 4000 年，说得头头是道。当然，这些新出土的文物，增加了让我们了解过往的砝码。有一些人仅凭文献记载的蛛丝马迹就臆测人与物的相关联系，而这种毫无实证支撑的论断往往振聋发聩，一时间这样的言论竟也成为主流。尤其是一些知名人士的言论，转眼就成为大众口中的事实，而知名人士的认知在人们未加思索之前也变成了众人的认知。事实上，人要学会自己思考与判断，那些被大众认可且传颂的未必就是真相。目前，尚未有人充分了解这座古老城池的秘密，人类不断进化的智慧和日新月异的高科技也无能为力，用亨利 · 米勒的话说，“历史学家和考古学家编制了一块稀疏、不尽如人意的织品去掩饰未知的神秘，他们拼织的片段与习俗相连，去满足他们贫匮的逻辑”。

总有一些人脸上挂着欣喜的表情谈论着出土的文物，他

们喜欢用“惊喜”“振奋”“奇迹”这样的字眼，总以为这样的赞叹是他们深思熟虑后的一种表达，多次和他们交谈之后才知道一切都流于表面。多加追问之后，冠冕堂皇地说这是古人的智慧和文明的繁盛，便没有了下文。每当他们为新发现的文物兴奋、赞叹之时，我的内心都会闪过一丝悲凉。器物愈是精美、城池愈是宏伟，我的内心便愈是凝重。考古发掘的种种迹象表明，他们曾是一个智慧、富裕、强大的族群，这座古老城池的衰落，又将给我们以怎样的启示？这的确是一个让人沉思的季节，不论过去还是现在。笔者曾在小雪时节写下：

小雪之后的这几日，石峁的气温在零下5° 左右徘徊。有时候，我们不得不赞叹古人的智慧，他们作古已久，却为我们留下永恒的财富，未来还会惠及我们的子孙，节令便是这样的财富。在我们的视线之外有一条看不见的线，我把它称作时间轴，在这条轴线上有我们知道的和不知道的所有一切，它早在人类诞生之前就已经存在，正是这条看不见也摸不着的轴线连接着古今，并走向未来。人类历史犹如这条轴线上微不足道的一个点，而今天的我们对于这个点的认知犹如大海之中的一滴水一样，几乎可以忽略不计。

大者，盛也，至此而雪盛矣。

太阳位于黄经 255°，公历 12 月 6—8 日交节。

三候：鹖鴠不鸣，虎始交，荔挺出。

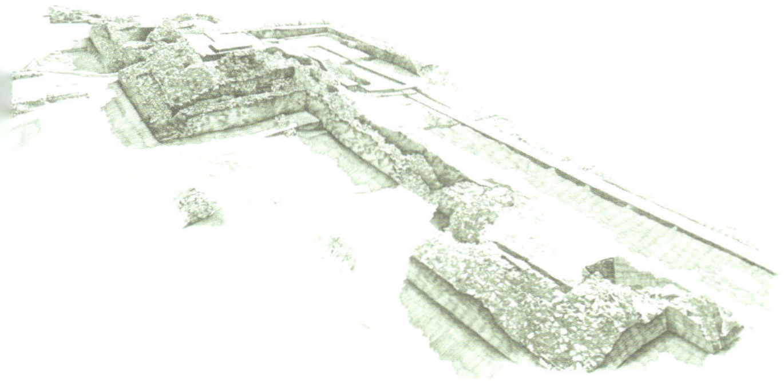

大雪

此时的石峁积雪遍野，没有游客的探访，也没有农人的活动，白茫茫的一片，虽然略显寂寥，但更像是没有烟火的仙境，美妙而神秘，这样的石峁似乎更符合它本身的气质。

大雪，太阳到达黄经255°，是冬季的第三个节气。《月令七十二候集解》载："小雪后十五日，斗柄指壬，为大雪。十一月节，大者盛也，至此而雪盛矣。"这里的"大"并非指单次降雪量，而是说降雪概率相比于小雪更甚。在二十四节气当中大雪是反映降水的节气，一场场的降雪将寒冷汇聚，它的到来意味着天气越来越冷。据统计，中国强冷空气最多的月份就是农历十一月，所以大雪节气最大的特点就是大幅度降温。

小雪封地，大雪封河。石峁地处黄土高原长城沿线一带，此时石峁的模样，正如毛泽东主席《沁园春・雪》描述的那样：“北国风光，千里冰封，万里雪飘。望长城内外，惟余莽莽。”这首诗的创作地点与石峁相距不远，都属于黄土丘陵沟壑地带，自然景观相似。

此时的石峁积雪遍野，没有游客的探访，也没有农人的活动，白茫茫的一片，虽然略显寂寥，但更像是没有烟火的仙境，美妙而神秘，这样的石峁似乎更符合它本身的气质。

大雪时节的石峁天寒地冻，不得已人们是不愿外出的，农人们赋闲在自家窑洞里，坐在热乎乎的炕上剥玉米、做针线，倒也舒服。考古发掘表明，4000 多年前的石峁人就住在窑洞里，当然今天的大部分石峁人依旧住在窑洞里。窑洞就地取材，冬暖夏凉，被誉为最环保的建筑。据考证，先民们居住窑洞的历史已达万年之久，在人类文明发展的初始阶段，自然条件与自然环境决定着一切，这也包含建筑。在我国陕甘宁地区，黄土层的厚度达几十公里，居住在这里的人们，创造性地利用黄土高原的有利地形，凿洞而居。这种土生建筑，充分体现出人与自然的和谐。窑洞是黄土高原居民的古老居住形式，从这一孔孔窑洞里窥视出人类文明的传承与延续。

在远古时代，先民们为了遮风挡雨、躲避野兽的伤害而群居在天然的山洞里。《韩非子・五蠹》载：“上古之世，人民少而禽兽众，人民不胜禽兽虫蛇。有圣人作，构木为巢以避群害。”为了抵抗风霜雨雪和野兽的伤害，产生了最原始的建筑。最初这些建筑，只是为了生存而建造的简单遮蔽物。随着人类文明的进步，人们对这种赖以生存的遮蔽物有了更高的要求。建筑是人类文明的一个符号，人类的建筑史如同整个人类文明的发展史，从低级到高级，从简单到复杂，从单一到多元，循序渐进。那么 4000 年前的石峁人拥有怎样的居所？

在史料文献中，没有多少笔墨来记载史前人们的建筑，至于那个时代建筑的样子，人们也没有见过。这也许就是考古的意义，也是考古学家的使命。他们在祖先遗留的废墟中，在手铲下为我们呈现出古人的生活轨迹。近年来，考古队在石峁这片废墟上用他们的手铲发掘出诸多遗迹遗存点，增加了我们了解古人的砝码。尤其是石峁古城的建筑更是开创先河的领跑者。

石峁古城的建筑类型极为丰富，除了我们前面提到的外城东门址的防御体系和一些首创的建筑技术，还有高等级的宫室建筑、普通居所、“城防司令部”、哨所等等。

石峁古城的核心区皇城台，是一种砌石垒建筑，顶部建有宫室，和玛雅的建筑风格非常相似。玛雅的一些建筑总是被建在高台之上，玛雅的王宫就建在一个多重台地的顶部，从玛雅人的世界观可以得知，他们对于洪水有很高的警觉，他们的预言也总是和洪水相关。在高高的台地之上或金字塔的顶端建造神庙、宫殿，是不是就如同《圣经》里提到的，为了预防洪水而制造“方舟”？气象学研究表明，距今5000—4000年的龙山时期正是降雨量多的时期，那么，皇城台这样的建筑，是不是石峁古人为了预防洪水而建造的呢？从目前的考古发掘来看，石峁时代的高等级建筑，都集中在这一区域，这里发现直径1.5米的柱础石以及筒瓦、板瓦等，可见其建筑规模。墙体上更是有壁画、大型石雕等装饰，也有“藏玉于墙”的现象。并且在这里还发现了池苑遗迹，在我国古代的一些宫殿的附属建筑里都有池苑，这也从侧面印证了皇城台的核心位置。

在人类建造史上，材料是决定建筑形制与构造的最基本条件，在工业革命到来之前，建筑的原则基本属于就地取材。石峁古人修建了气势宏大的宫殿和一些大型建筑，以及绵延数十公里的城墙，这从侧面说明当时的人口数量也具有一定的规模。那么那些普通人的居所又是什么样子的呢？

2014 年夏天，考古人员在石峁遗址内城韩家圪旦地点发掘了多处房址遗迹。这些房屋多为前后相连的连套结构，主（后）室为圆角方形的全窑洞式结构，前室一般为方形半窑洞式结构，有人说这就类似于现代人的一室一厅。在这些房址内部有取暖的灰坑遗迹，部分房址的地面和墙体上都涂抹有白灰，可见白灰的使用在当时已经相当普遍，而涂抹白灰就如同我们现代的房屋装修。距石峁 20 公里处的寨峁梁遗址，与石峁同属于秃尾河流域，经相关专家介绍，寨峁梁遗址应该是石峁遗址下属的一般聚落。在这里，考古人员清理出了 109 组房址，这些房址与韩家圪旦地点的房址相似，都是前后相连的连套结构。所不同的是这里所有的房址主室地面都用白灰涂抹，如同今日的地板，墙体上靠近地面的位置有 1 米左右的墙裙。还有部分房址保留有半圆拱形的窑顶，这种拱顶式的建筑，在高度上增加了室内的空间，让居住的人更加舒适。同时，也符合力学原理，顶部压力一分为二，重心稳定，分力平衡，具有极强的稳固性。

石峁所在的陕北地区，现今窑洞的数量还占有很大比例，尤其是一些较为偏僻的农村，家家户户都还住在窑洞里。窑洞这种黄土高原上古老的居住形式，不仅冬暖夏凉，而且在单调

○ 积雪遍野的石峁遗址

沉闷的黄土背景下，一孔孔圆拱形窑洞就显得轻巧而活泼。

此外，在外城东门南墩台内侧发现了一处大型院落遗迹。有居住的起居室和礼仪性建筑，院落较高处有仓库。整个院落的结构非常完整，而且高低错落有致，不在一个平面上，但居住这些房子的人共用一个活动场地。院落中，有两处窑洞式的建筑相邻，窑洞的规模比普通房址要大，尤其是两个石砌的窑门保存得非常完好。在门的两侧有相当于门框一类的石头建筑，有专门经过打磨的门楣石、门槛等，可以说，这些石头建筑已经完全具备门的基本构造。正对着院落的是一个独立的石头房屋，据推测，这间考究的石头房屋可能是外城东门“城防司令部”的“议事厅”。院落的铺陈极为考究，整个院落呈长方形，地面用石头铺砌得非常平整。在院落的中央，还用绿色的石头做了一个圆的造型，考古专家认为，从遗存的迹象可推测出圆内应该还有一些装饰性的物品。

对遗址做调查时，考古队员在石峁城址的东南方向一处人为堆砌的石头山包顶部，发现了一件用于祭祀的玉铲，从地理位置、出土文物等情况判断，专家怀疑其可能是龙山晚期的一处祭祀遗址。推测其为祭坛，还有一个重要的原因是，牛河梁红山文化祭坛、良渚文化祭坛、大何庄齐家文化祭坛等很多祭坛都跟石头相关，形制大部分为方形或圆形。而石峁的“祭坛”遗迹是一处用石头砌筑的相对封闭的方形空间。“祭坛”上半部分可见五组对应的槽状石槽，这明显为内立柱槽，用于支撑上层建筑结构。经分析，“祭坛”很可能是构筑在石头围墙上的一种木架构的高层建筑，并且它与石峁外城东门的角台有着很好的通视效果，犹如长城上的烽燧，能够很快传递军情。如此看来，这处“祭坛”很有可能是构筑在山包上的“哨所”，它和高大的石峁城墙共同构筑了石峁王国强大的军事防御体系。其实，不论是“祭坛”还是“哨所”，它都是石峁王国宏伟建筑的组成部分。

日南至，日短之至，日影长至，故曰冬至。至者，极也。

太阳位于黄经 270°，公历 12 月 21—22 日交节。

三候：蚯蚓结，麋角解，水泉动。

冬至

此时的石峁，气温已经在零下10摄氏度，梁峁沟壑间没有一丝绿色，即便是四季常青的松树，也被寒冷的朔风浸染成了深沉的灰。

冬至是一年当中，太阳最偏南的一天，是太阳南行的极致，也是北半球各地白昼最短、黑夜最长的一日。这天过后，太阳直射点北移，北半球白昼开始逐日变长。对于北回归线以北的地区，冬至日过后，太阳的高度也开始逐日走高。古时，人们用土圭观测日影的长短变化，经过较长时间观测之后，最终确定出冬至和夏至的日期，所以古人曾把冬至作为岁首，即一年的开始，所以有“始于冬至，终于大雪”的说法。

在民间有“冬至阳生”的说法，严格讲，

节气反映的是季节、物候、天气变化的规律，而阴阳五行属于干支范畴。阴阳消长，是以干支为推算依据。崔灵恩在《三礼义宗》中记载：“(冬至）有三义：一者阴极之至，二者阳气始至，三者日行南至，故谓之冬至也。”

此时的石峁，气温已经在零下 10 摄氏度，梁峁沟壑间没有一丝绿色，整个世界一片灰白。即便是四季常青的松树，也被寒冷的朔风浸染成了深沉的灰。荒野之中，白雪匍匐于草木脚下，大块的田地被积雪覆盖。若仔细观察，道路两侧的雪地上，有山鸡、兔子留下的清晰足迹，仿佛它们刚刚经过。

中国古代对冬至极为重视，《清嘉录》中讲“冬至大如年”，古人称冬至为“亚岁”“小年”。并且历朝历代均有冬至放假一天或者三天的习俗。《汉书》记载：“冬至阳气起，

君道长，故贺。”意为过了冬至，白昼一天比一天长，阳气回升，是一个节气循环的开始，是为吉日，应该庆贺。《后汉书》讲：“冬至前后，君子安身静体，百官绝事，不听政，择吉辰而后省事。”宋朝以后，冬至逐渐成为祭祀祖先和神灵的节庆活动。明清两朝，皇帝要在冬至举行祭天大典，谓之“冬至郊天”。

在石峁当地，冬至是一个极为重要的节日，而非节气，他的人文内涵远胜于自然内涵。冬至前，要上坟祭祖，回来后家族成员要一起聚餐。在饮食上极具特色，提前几日买好猪蹄肘子，在冬至前一天上午开始准备材料，傍晚开始烹饪，是为熬冬。在石峁人眼中，熬冬和熬年一样，有迎新的意义。听老人讲，冬至吃猪蹄肘子是为了预防冻伤腿脚。的确，冬至过后，将迎来一年当中最为寒冷的时候，吃了高热量的猪

蹄肘子御寒又保暖。

冬至是最古老的节气，冬至日祭祀的历史也极为悠久。《周礼》中记载：“以冬日至，致天神人鬼；以夏日至，致地示物魅。”在万物有灵的时代，祭祀乃国之大事，关乎一切，上至国之社稷，下至百姓福祸。在认知局限的古时，尤其是在民间，天体运行的规律极为神秘，认为一切都有神在操纵。这位神人们看不见，却又无时无刻不在人们身边，唯有皇家巫师能够与其沟通。古时，统治者独占了天地人神的沟通手段，这就使得他们的统治师出有名。史书中经常提到的周天子、天命，其本质就是谁能控制和上天沟通的手段，谁就拥有统治的权力，这种权力均由帝王亲自掌管。在传说当中，夏禹、商汤这些有名的帝王都有超自然色彩的传说，他们亲自主持重要的祭天、祈雨等仪式。到春秋中期，周天子实力衰微，只是名义上的“天下共主”。新崛起的楚国楚庄王就公然问鼎（禹铸九鼎，夏商周三代视之为国宝，楚王问鼎，有取而代周之意），周天子的使臣王孙满回答，周王仍然能用这些鼎，和上天保持密切的沟通。这也就是告诉楚庄王，周王军事实力衰弱，但道德权威还在，让他收敛起不臣之心。《周礼》规定，祭祀不符合规矩，领主就会被贬黜。而一个国家彻底灭亡的标志，则是宗庙被捣毁、祭器被掠夺。

《淮南子·本经训》：“昔者仓颉作书，而天雨粟，鬼夜哭。”文字的发明真是撼天动地，用今天的话说惊天地，泣鬼神。文字的出现，为什么会引发如此巨大的反应？文字作为信息的媒介，一旦形成，有些东西便不再像从前那般神秘，这会直接撼动统治者的统治地位。从史料来看，相较其他朝代，夏商周三代持续时间较长，在一定意义上，和文字发明关系密切。文字知识的普及，天子王权的神秘性减弱，才有了后世的“皇帝轮流做，明年到我家”。

文字使人类能进入有历史记录的文明社会，把时空的影像文化，转为视觉可见的符号系统，使后人能通过间接的文字想象出画面，了解过往，学习技术经验。文字的发明使得人类的文化得以传承、得以延续，是人类史上最伟大的奇迹。

在石峁遗址出土的文物中，就有符号类图形和兽面纹石雕。目前还没有关于这些图形的系统性解释。那些兽面、神面与后续商代青铜上的纹饰极为相似，很多青铜礼器是沟通天地神灵的物质载体。可以想见的是4000多年前这些图形对于石峁古人的意义非比寻常。石峁发掘初期，有知名历史学者认为石峁有极大的可能是黄帝部族的都邑，尤其是符号类和兽面图形发现之后，有人便以仓颉造字与其关联，并以此来佐证石峁与黄帝的关系。皇城台发掘初期，在瓮城通往台顶地面铺陈的石头上发现多处阴刻符号，这些符号和甲骨文上的几个符号高度相似。其中一块高浮雕，上面雕刻着一

○ 皇城台局部

个人正在射一匹马，人、马、弓箭三者比例相当，浮雕上弓箭的那部分和射字的左偏旁部分，与甲骨文完全相同。文字是文明的重要组成部分，石峁遗址的发掘只是冰山一角，目前发现的符号数量并不太多，或许在未来会有更多的发现。

多年来的考古，证实了英国巨石阵、良渚瑶山观象台、陶寺观象台对于两分两至的认识。近年来，石峁遗址在考古工作者的手铲下，发掘出一处处遗存。考古所呈现的种种迹象表明，石峁古人已经拥有了完善的测量工具及计算方法，掌握了观象授时及农耕稼穑等天文历法知识。由此可见，石峁古人对于四时交替已经了然于胸。

如今，大量的考古新史料，填补了史料文献中没有的记载，比如人们对于节令的认识，但对于细节，还是所知甚少。拿石峁遗址来说，通过考古工作，人们知道了 4000 多年前的石峁古人对于夏至、冬至的认知，但在这些特定的时刻他们又是如何度过的？他们也会像今天的石峁人一样在冬至日吃猪蹄吗？亦或者上坟祭祖？这一切我们都不得而知。

天渐寒，尚未大冷。

太阳位于黄经 285°，公历 1 月 5—7 日交节。

三候：雁北乡，鹊始巢，雉始雊。

小寒

此时的石峁已进入严寒时期，土壤冻结，河流冰封，正是人们口中的“数九寒天”。

冰雕玉琢，寒冷至极，寒谓之小，却胜于大。

根据中国的气象资料，小寒是气温最低的节气，只有少数年份的大寒气温低于小寒。此时的石峁已进入严寒时期，土壤冻结，河流冰封，正是人们口中的“数九寒天”。

下面这段文字是笔者 2016 年小寒时节的随笔：

当我进入遗址站立于外城东门北墩台之上，仪式感般的庄严充斥

○ 皇城台全景

于心，犹如宗教般神圣。我甚至想到了石峁古人威严的祭典，4000 多年前的他们或凝视巫师或闭目祈祷，或为战争或为祈福，总之他们的面庞庄重而肃穆。望着茫茫四野，天地萧肃，眼前荒芜的壮美远比夏天的绿色冉冉更加动人心魄。气温在零下 20 摄氏度左右徘徊，寒冷得不近人情。瞧，白雪与阳光对峙着，冷风搅和于其中，任凭阳光畅通无阻地洒满整个世界，白雪却毫无融化的迹象。那历经沧桑的千年遗存，在冰天雪地的世界里保持着他的神秘与世人的距离，这似乎是他独有的一种生存方式。我呆立于墩台，寒冷似乎要把整个身体穿透，然后将我冰封。而我并没有因寒冷而蜷缩起来，那颗深藏于皮肉血液当中滚滚发烫的心，让我像一个临危不惧的勇士，昂首挺立。我环视四周，突然有一种异样的感觉从心底蔓延至眼眶，目光所及竟是如此陌生，一如初见。我隐约感觉到一种神奇的力量，似乎只有这里才有的一种魔力，就是这种无法言说的魔力抓住了我的心，我想要探寻他的前世与今生，我预感到自己将长期扎根于此。

动物对于大自然的感知总是优于人类，他们对于气候变化的洞察如同先知，即便是在天寒地冻的时节。在二十四节气中，白露和小寒完全是以鸟类作为候应，正如古言：“禽鸟得气之先。”《月令七十二候集解》：“冬至后十五日，斗柄指癸，为小寒。十二月节，月初寒小，古云小寒，月半则大矣。一候，雁北乡。乡，向导之义，二阳之候，雁将避热而回，今则乡北飞之，至立春后皆归矣，禽鸟得气之先故也。二候，鹊始巢。喜鹊也，冬至天元之始，至后二阴，已兆得来年之节气，鹊为巢，知所向也。三候，雉始雊。文明之禽，阳鸟感于阳而后有声。”这看似动物的感知，实则饱含人的智慧，能够在万物之中体察其中的不同，并得以传承，这应该就是人类文明的最底层逻辑吧。

有人曾说，冬天象征着人生困境，冬天是一个寂寞的季节。事实上，冬天不仅可以让生命沉淀，更加孕育了希望，为万物新生积淀力量。寒冷能让人变得沉静，摒弃欲望而变得纯粹，最终能感知自我。正如此刻，虽四野茫茫，但却是一个充满希望的时节。

小寒在二十四节气当中没有“两分”“两至”“四立”那般光辉，也没有太多的习俗与庆典，它的存在像它的名字一样低调内敛，或许这正是小寒所特有的智慧。尤其是在古时，寒冷降低了人们外出的欲望，一次又一次的降雪阻断了人们的出行，对于那些文人雅士，这是最适于读书的时节。大量的资料显示，不论中外，尤其是冬季漫长的国度相比于其他国家，国民的读书量远多于低纬度国家。比如俄罗斯、北欧五国，他们的人均读书量在全球排在前面。研究表明，这些国家的阅读有着历史性的传统，随着时间的推移，阅读已经写进了这些民族的基因里，成为一个群体的鲜明特征。然而追根溯源，是气候决定了人们热爱阅读这一特性，在寒冷漫长的冬季，人们为了消磨时光，阅读成了最佳选择。阅读这一习惯使得后来北欧各国的图书馆分布密度极高，读书俱乐部盛行，冰岛的出版业发达，这又为人们热爱阅读提供了便利条件。如此良性循环，读书便成为这个地区不可或缺的精神食粮。

我们无从知晓石峁古人的小寒生活，但人类发展自有其共性。大量的数据表明，冬日漫长的黑夜与寒冷激发了众多思想家与艺术家，甚至是政治家的深度思考，这对整个人类文明的发展做出了不可估量的贡献。4000 多年前的石峁人，他们是如何度过这漫长冬季的？或许，石峁古人的某些技艺就是在冬日的某一时刻突破的。正所谓“冬藏”，其本质便是跟随大自然的节奏，为一个新轮回积蓄力量。

石峁近几年的考古发掘可谓收获丰硕，不断有新的发现，从必需品到艺术品，应有尽有，呈现出一幕幕石峁古人丰富多彩的生活图景。石峁考古队在皇城台的发掘过程中，发现

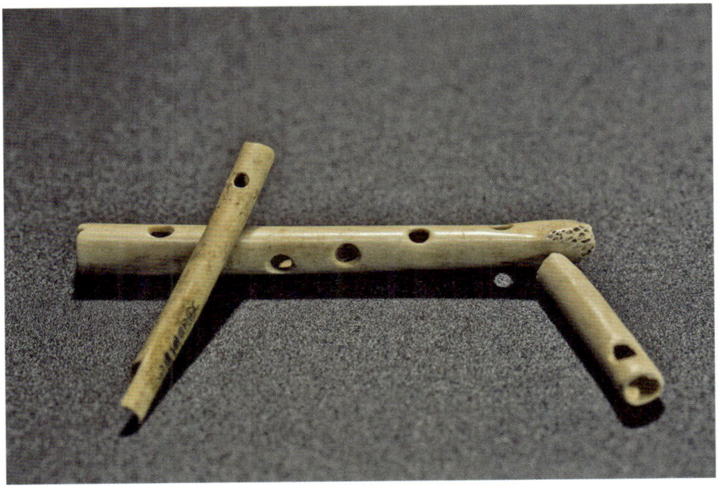

○ 骨笛

○ 外城东门崖边落满雪的树枝

了丰富的乐器，有球形陶哨、骨笛、骨管、口簧等。石峁口簧发现于皇城台东北部护墙的弃置堆积内，均为骨制，出土20余件。截至目前，石峁的口簧是世界上最早的实物案例，是21世纪音乐考古的重要发现，对于丰富中国古代音乐史尤其是先秦音乐史的内容，具有重要的学术意义。

《世本·作篇》云:“女娲作笙簧。”这虽是传说，但从侧面反映出此种乐器产生较早。在《诗经》《礼记》《楚辞》等诸多历史文献中都有记载，考古发掘表明，簧的发展历史至少可追溯到新石器时代。孙周勇研究发现，石峁遗址所在的中国北方河套地区是世界口簧的祖源地，是中国北方文化因素沿欧亚草原向西、向北产生影响与互动的重要实证之一。

簧这种乐器在世界范围内分布极为广泛，直到今天很多地区、民族仍在使用。簧的音响由基音和泛音构成，泛音与基音成整数比关系。簧的演奏方式，通过线抻或指拨的策动方式使簧舌振动，经过口腔共鸣从而扩大音量。演奏者通过改变口型，变换并移动舌位，使簧发出基音或泛音，产生不同的旋律。在众多乐器当中，簧的发音微弱，只有在安静的场合才能听到。

口簧发音微弱，演奏者只有在幽静的场合才能静心取音，听者只能在咫尺之间方可闻其声调。可以推想，四千年前空旷寂寥的皇城台，演奏者口含口簧，通过口腔与乐器的结合发出的“呷呷”“嗡嗡”声，空灵飘逸，极易产生肃穆和庄严的氛围。这种无严格固定格式的即兴演奏，随演奏者气息、口型的变化及簧舌振动的节奏，模仿动物的音律或其他复杂奇特的具有仪式感的神秘旋律，在节奏快慢、力度强弱变化处理下产生的催化效应，成为石峁巫觋实现交于神明、祭祀祖先、驱鬼禳神的重要手段。

——孙周勇《陕西神木石峁遗址出土口簧研究》

从文献记载和民族学资料来看，口簧兼用于宫廷与民间，承担祭祀、娱乐、爱情表达等多种功能。《诗经·国风》载：“君子阳阳，左执簧，右招我由房。”可见，这是一种抒怀排忧的表达方式。试想，石峁古人在4000年前寒冷而漫长的冬夜里，围着火堆，或对神明、或对爱侣通过簧的演奏表达心意。就这样反复，簧的形制日趋完美，他们的演奏技术更加精湛，神明感受到了他们的诚意，于是春暖花开。

寒气之逆极，故谓大寒。

太阳位于黄经 300° ，公历 1 月 20—21 日交节。

三候：鸡乳，征鸟厉疾，水泽腹坚。

大寒

大寒时节的石峁，寒风横行，仿佛要拼尽全力将整个世界冻僵。可过了大寒就立春，这便是天道自然，无论如何，新的轮回即将开启，冬去春又来。

大寒是二十四节气中最后一个节气，正处于三九、四九时段，此时寒潮频繁，是中国大部分地区一年中最寒冷的时节。《授时通考》中讲："大寒为中者，上形于小寒，故谓之大……寒气之逆极，故谓大寒。"

古时，人们历经长时间的实践经验，来获取自然的秘密，故在此基础上形成了某些认知，从习俗到客观规律。俗话说"花木管时令，鸟鸣报农时"，花草树木、鸟兽飞禽随季节而变的规律性活动，体现了二十四节气相对的“候应”。《月令七十二候集解》:“小寒后十五日，斗柄指丑，为大寒。十二月，一候，鸡乳。鸡本畜，丽于阳而有形，故乳在立春节前也。二候，征鸟厉疾。征，伐也。杀伐之鸟，乃鹰隼之属，至此而猖厉迅疾也。三候，水泽腹坚。陈氏曰:冰之初凝，水面而已，至此则彻上下皆疑，故云腹坚。腹犹内也。”

大寒时节的石峁，寒风横行，仿佛要拼尽全力将整个世界冻僵，它奋不顾身地释放自己，呼啸成一首天寒地冻曲。朔风劲疾，所到之处，仿佛施了魔法，寒气逼人，天地荒芜，了无生机。石峁人说，过了大寒又是一年，正所谓物极必反，大寒之后是立春，这便是天道自然，无论如何，新的轮回即将开启，冬去春又来。

大寒，虽然是农闲时节，但常与岁末时间相重合，所以家家户户忙过年。过年是中国人最为隆重的一个节日，所以有众多的讲究与习俗。比如食糯、喝粥、纵饮、做牙、扫尘、糊窗、蒸供、赶婚、赶集、洗浴等。大寒与春节相交，众多习俗把辞旧迎新作为过年的主旋律。石峁人也有自己独特的迎新方式，腊月一到，就开始筹备"年货"，杀鸡、宰羊自不能少，很多物品需要到三里之外的高家堡集市上购买。此时置办的年货，要满足一个正月的需求。扫尘作为年俗，在中国有着悠久的历史传统，不论南北。其实，扫尘就是大扫除，过年前家家户户把能擦能洗的全部擦拭清洗一遍。石峁人的大扫除也是如此，只不过他们对待清理出的垃圾格外讲究，不像平日那般直接扔掉。他们会将这些垃圾集中在某一

处，埋置于院落附近，据一些老人讲，这表达了人们财不外流的愿景。贴窗花几乎是整个陕北地区的年俗特色，石峁村中的那些妇女，手持剪刀拿张大红纸，不一会儿的工夫，大红纸就像被变了戏法一样成为各种栩栩如生的图案。然后她们把这些剪纸贴到窗户上，整个院子都变得喜庆起来。蒸供也是石峁人年俗的一大特色，他们用面粉蒸出各种花色的馒头，不论是祭祖还是拜神，这些都是绝佳的供品。当然，除了当作供品，它们也是正月里重要的吃食。

然而，冬天对于 4000 多年前的石峁人来说，绝对是一个难熬的季节。当然，这并不是用现在的视角解读古人，而是从人情事理的常识出发。不论过去还是现在，衣食住行都是最基本的生存保障。即便到了 21 世纪，每每遇到极寒或者极热的天气，同比死亡率就会上升。尤其是老年人，就连今天的石峁村说到某个年龄较大的老人，都会感慨:“不知道他能不能熬过这个冬天。”一个“熬”字将冬天对人的影响体现到了极致。不可否认石峁是一个富裕先进的族群，但大量的历史研究表明，全球性温饱问题在化肥发明之后才解决，并且时间越往前，人们的生活越匮乏。在生产力低下的史前时代，寒冷的季节绝对是一种困境，石峁古人也不例外。

从古至今，不论王孙贵族还是平民百姓，活着有活着的居所，死后有死后的归宿。自古以来，由于受“祖先崇拜”以及“事死如事生”等传统观念的影响，人们对丧葬制度十分重视。因此，墓葬资料给人们提供的不仅仅是丧葬风俗与墓葬制度本身，它还能在一定程度上反映墓葬者所处时代方方面面的社会情况，墓葬所呈现的一些埋葬习俗与埋葬制度常常被视为社会的缩影。因此，对于墓葬的研究具有十分重要的意义，尤其是对没有文字记载的上古时期，透过现存的一些墓葬，可以从侧面折射出当时存在的社会现象，为我们解读祖先的生产生活提供了一条路径。到目前为止，石峁的发掘仅仅只是冰山一角，在已发掘的这冰山一角的区域内，发现了大型贵族墓葬、普通的石棺葬及瓮棺葬三种墓葬形制。

2014 年夏天，考古队对内城的韩家圪旦地点进行发掘。考古人员先后清理出 24 座墓葬，很可惜的是这些墓葬全部被盗，从盗墓者遗留的痕迹来看，盗墓的时间大多发生在 2007 年前后。值得庆幸的是由于盗墓者的粗疏，还有一些余留，在个别墓葬中还出土了玉鸟、玉环、鸵鸟蛋壳及没有被扰动的殉人。这些墓葬普遍规模较大，墓葬形制一致，墓葬内都有壁龛、殉人以及其他陪葬物品。在这些墓葬当中，有单人墓、夫妻墓。壁龛里有墓主人生前用过的物品，很大一部分是陶器。未曾扰动的殉人都是侧身面对主人，膝盖微曲。有一些极为残忍的，殉人被腰斩之后摆放到墓主人的身边。所有墓葬中殉人的姿势都是卑躬屈膝，且这些殉人都是年轻的少女。

从一位年长的公安干警那里得知，被抓的盗墓者讲述了打开石峁墓葬时的情景。据说，墓主人的身上摆满了玉器，学术界把这种习俗称之为玉殓葬，玉殓葬是龙山时期墓葬制度的重要组成部分。郑玄注《周礼》云:“圭在左，璋在首，琥在右，璜在足，璧在背，琮在腹，盖取象方明神之也。”听起来有点复杂，其实就是把不同的玉器摆放在尸体的各个方位，而这种玉器摆放的方位应该代表着原始宗教的色彩。古人认为玉是一种致密温润不腐不化的器物，用玉包裹尸体，能使身体永不腐朽，可以让不死的灵魂在不腐不败永远温润的玉石包裹中永生。

令人惊奇的是，贵族墓葬群所在的韩家圪旦地点，在石峁城址的西方，与石峁王国的核心区“皇城台”隔沟相望。新石器时期的墓葬有定向原则，根据所处地域的不同，有向日出方向的，如大汶口文化和石峡文化中的墓葬等；有向日落方向的，如黄河中上游的仰韶文化和齐家文化的墓葬等；有向高山方向的，如大溪文化的巫山大溪墓葬等。石峁的贵族墓葬群是朝着日落方向，这从侧面反映出石峁古人朴素的自然崇拜，把生死与大自然的现象视为一体，日出日落代表着生与死。

古代用石棺作为葬具的墓葬形式，又称石棺葬。棺用石块垒砌或用石板叠加，换言之就是一种石制的尸体容器。石棺葬是广泛存在于欧亚大陆的一种丧葬方式，在我国主要分布在藏彝羌走廊与西南地区，但其影响较广，在西北、华北、东北等地也有发现。其时间跨度很长，上起新石器时代，下至秦汉时期乃至更晚。在一些史籍里也有关于石棺葬的记载，《史记·秦本纪》云："是时蜚廉为纣石北方，还，无所报，为坛霍太山而报，得石棺，铭曰：'帝令处父不与殷乱，赐尔石棺以华氏。'死，遂葬于霍太山。"《华阳国志·蜀志》云："有蜀侯蚕丛，其纵目，史称王。死，做石棺石椁，国人从之，故俗以石棺椁为纵目人冢也。"石峁所发现的石棺葬，棺体呈长方形，棺壁由大块的片状砂砾岩拼接而成，其空间窄小，仅够容身，石棺内只有遗骨，没有任何的陪葬物品，形

○ 玉鸟

○ 遗址东门入口处

制简陋，由此可推测这类型的墓葬属于石峁时期普通老百姓的一种殓葬方式。

瓮棺葬是古代墓葬形制之一，是以瓮、盆、罐为葬具，常用来埋葬幼儿和少年，个别成人也用瓮棺。一般用2或3件较大的陶器扣合在一起，多数埋在居住区内房屋附近或室内地面之下，并且多数瓮棺葬中没有任何陪葬物品。这些瓮棺葬具不用专门烧制，而是将日常生活中的储物器随机拿来用于装殓，因此，出土的瓮棺规格不同，形状各异。从全国各地出土的数量较大的儿童瓮棺葬可推断出当时社会生活水平低下，儿童夭折率极高。在石峁王国发现的瓮棺葬，距离居住的房屋很近，有人会想为什么要将夭折的婴孩儿放置于陶器之内埋葬，而不是直接用土掩埋？这可能缘于石峁古人对孩子的特别关照与喜爱。将婴孩儿放置于陶器之内，是给其一定的空间，置于房屋附近则是预防野兽对其尸体的伤害。

与二十四节气相伴的各种习俗，记录了古人认知自然的痕迹，也体现出农耕文明中的人类智慧。今时，人们虽不知道4000多年前石峁古人对于大寒节气的认知与相应的习俗，但无论如何，在这片土地上，历史的车轮在滚动，人生生不息在繁衍。

过了大寒又是一年。

参考文献

［1］孟子．孟子[M]．北京：中国文联出版社，2016.

［2］司马迁．史记[M]．上海：中华书局，2006.

［3］陈广忠．淮南子[M]．上海：中华书局，2012.

［4］左丘明．左传[M]．上海：上海古籍出版社，2015.

［5］方诗铭，王修龄．古本竹书纪年辑证[M]．上海：上海古籍出版社，1981.

［6］顾实．穆天子西征讲疏[M]．上海：上海科学技术文献出版社，2015.

［7］张世亮，钟肇鹏，周桂钿校注．春秋繁露[M]．北京：中华书局，2012.

［8］吴澄．月令七十二候集解[M]．北京：中华书局，1985.

［9］高倩艺．二十四节气民俗[M]．北京：中国社会出版社，2010.

［10］兰勇．中国历史地理学[M]．北京：高等教育出版社，

2002.

［11］周昆叔．中国古文化与环境［M］．北京：海洋出版社，1993.

［12］王乃昂．历史时期黄土高原的环境变迁，历史地理第8辑［M］．上海：上海人民出版社，1990.

［13］夏正楷．环境考古学——理论与实践［M］．北京：北京大学出版社，2012.

［14］Against the Grain. James C. Scott.［M］.America: Yale University Press，2017.

［15］加勒特・哈丁．生活在极限之内［M］．上海：上海译文出版社，2001.

［16］尤瓦尔・赫拉利．人类简史［M］．北京：中信出版社，2014.

［17］汤卓伟．环境考古学［M］．北京：科学出版社，2004.

［18］韩建业．中国西北地区先秦时期的自然环境与文化发展［M］．北京：文物出版社，2008.

［19］满志敏．中国历史时期气候变化研究［M］．山东：山东教育出版社，2009.

［20］贾雷德・戴蒙德．崩溃——社会如何选择成败兴亡［M］．上海：上海译文出版社，2011.

［21］A.H. 丹尼．中亚文明史（第一卷）［M］．北京：中国对外翻译出版公司，2002.

[22] 威尔·杜兰特，阿里尔·杜兰特.历史的教训[M].北京：中国方正出版社，成都：四川人民出版社，2015.

[23] 陕西省考古研究院等.发现石峁古城[M].北京：文物出版社，2016.

[24] 杨瑞.石峁王国之石破天惊[M].西安：陕西人民出版社，2017.

考古简报

著作者	作品名	发表报刊及时间
戴应新	《陕西神木县石峁龙山文化遗址调查》	《考古》1977 年第 3 期
魏世刚	《陕西神木石峁遗址调查试掘简报》	《史前研究》1983 年第 2 期
吕智荣	《陕西神木县石峁遗址发现细石器》	《文博》1989 年 2 期
罗宏才	《陕西神木石峁遗址石雕像群组的调查与研究》	《西部美术考古——从中亚到长安》，上海大学出版社，2011 年版
《考古与文物》编辑部	《神木石峁遗址座谈会纪要》	《考古与文物》2013 年 3 期
陕西省考古研究所、榆林市文物考古勘探队、神木县文体局	《陕西神木县石峁遗址》	《考古》2013 年第 7 期
陕西省考古研究院、榆林市文物考古勘探队、神木县文体局	《陕西神木县石峁遗址后阳湾、呼家洼地点试掘简报》	《考古》2015 年第 5 期
孙周勇、邵晶、邵安定、赵向辉、杨国旗	《陕西神木县石峁遗址韩家圪旦地点发掘简报》	《考古与文物》2016 年 8 月 15 日
孙周勇、邵晶、邸楠、康宁武、赵益	《陕西神木石峁城址皇城台地点》	《考古》2017 年 7 月 25 日
孙周勇、邵晶、康宁武、赵益	《石峁遗址：2016 年考古纪事》	《中国文物报》2017 年 6 月 30 日

著作者	作品名	发表报刊及时间
陕西省考古研究所、榆林市文物考古勘探工作队、神木县石峁遗址管理处	《石峁遗址：2016 年考古纪事》	《中国文物报》2017 年 6 月 30 日
孙周勇、邵晶、邸楠	《石峁皇城台呈现宫殿形制》	《中国社会科学报》2018 年 9 月 28 日
孙周勇、邵晶、邸楠	《石峁遗址的考古发现与研究综述》	《中原文物》2020 年第 1 期
陕西省考古研究院、榆林市文物考古勘探工作队、神木市石峁遗址管理处	《陕西神木市石峁遗址皇城台大台基遗迹》	《考古》2020 年第 7 期